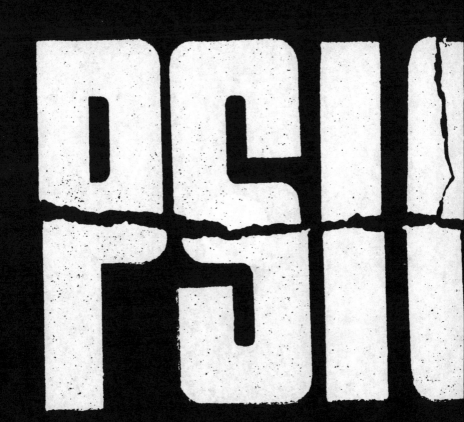

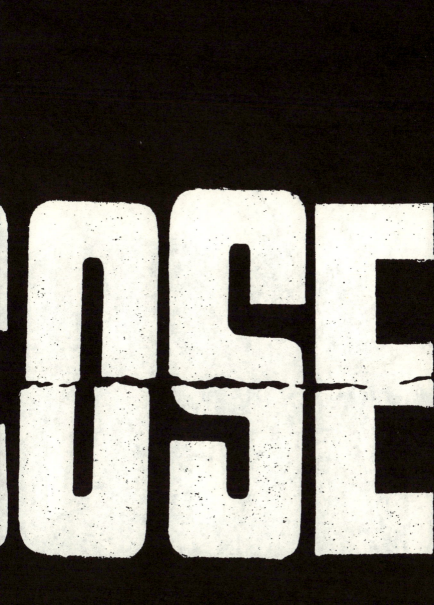

PSYCHO
Copyright © 1959 by Robert Bloch
Todos os direitos reservados.

Créditos de Imagens: © Other Image | Alamy;
© Photo 12 | Glow Images; © Everett Collection |
Glow Images

Tradução para a língua portuguesa
© Anabela Paiva, 2013

Diretor Editorial
Christiano Menezes

Diretor Comercial
Chico de Assis

Diretor de Novos Negócios
Marcel Souto Maior

Diretora de Estratégia Editorial
Raquel Moritz

Gerente Comercial
Fernando Madeira

Gerente de Marca
Arthur Moraes

Gerente Editorial
Marcia Heloisa

Editor
Bruno Dorigatti

Capa e Projeto Gráfico
Retina 78

Coordenador de Diagramação
Sergio Chaves

Revisão
Felipe Pontes
Nova Leitura
Retina Conteúdo

Finalização
Sandro Tagliamento

Marketing Estratégico
Ag. Mandíbula

Impressão e Acabamento
Braspor

DADOS INTERNACIONAIS DE CATALOGAÇÃO NA PUBLICAÇÃO (CIP)
Angélica Ilacqua CRB-8/7057

Bloch, Robert
 Psicose / Robert Bloch; tradução de Anabela Paiva. — Rio de Janeiro : DarkSide Books, 2013.
 256 p. : 14 x 21cm limited edition

 ISBN: 978-85-6663-610-9
 Título original: Psycho
 Criado por: Robert Bloch

 1. Suspense 2. Literatura americana 3. Ficção
 I. Título II. Paiva, Anabela

13-0649   CDD 813.54

Índice para catálogo sistemático:
1. Literatura americana - suspense

[2013, 2024]
Todos os direitos desta edição reservados à
DarkSide® Entretenimento LTDA.
Rua General Roca, 935/504 — Tijuca
20521-071 — Rio de Janeiro — RJ — Brasil
www.darksidebooks.com

ROBERT BLOCH
PSICOSE

TRADUZIDO POR
ANABELA PAIVA

DARKSIDE

10% desse livro é dedicado a HARRY ALTSHULER,
que fez 90% do trabalho

capítulo um

①

Norman Bates ouviu o som e estremeceu.

UM

Norman Bates ouviu o som e estremeceu.

Parecia que alguém estava batendo na vidraça.

Ele levantou os olhos, fez menção de se erguer, e o livro escorregou das suas mãos para o colo amplo. Percebeu que o barulho era apenas a chuva. Uma pancada de fim de tarde, fustigando a janela da sala.

Norman não tinha notado a chegada da chuva e nem o crepúsculo. A sala já estava quase escura. Estendeu a mão para acender a luz antes de retomar a leitura.

Era uma dessas luminárias antiquadas de mesa, com uma cúpula de vidro decorado e uma franja de contas de cristal. Era de sua mãe desde que podia lembrar, e ela se recusava a se desfazer dela. Norman não se incomodava: ele vivera naquela casa todos os seus quarenta anos de vida, e era agradável e tranquilizador estar cercado de objetos familiares. Aqui tudo era metódico e organizado; só lá fora as coisas mudavam. E a maior parte dessas mudanças trazia uma ameaça potencial. E se ele tivesse passado a tarde caminhando? Ele poderia estar em alguma estradinha deserta ou mesmo no pântano quando a chuva chegou. Ficaria encharcado e teria de voltar aos tropeções para casa, no escuro. Você pode apanhar uma gripe mortal desse jeito. Depois, quem iria querer estar lá fora na noite escura? Muito melhor ficar ali na sala, junto ao abajur, na companhia de um bom livro.

A luz brilhou em seu rosto gorducho, refletiu nos óculos sem aro e banhou o rosado couro cabeludo, visível sob os cabelos ralos e amarelados, quando baixou a cabeça para retomar a leitura.

Era um livro fascinante, não admirava que o tempo tivesse passado tão rápido. *O Reino dos Incas*, de Victor W. Von Hagen. Norman nunca havia encontrado uma variedade tão grande de informações curiosas. A descrição da *cachua*, por exemplo, ou dança da vitória, quando os guerreiros formavam um vasto círculo, que se movia e se contorcia como uma cobra. Ele leu:

A percussão era geralmente executada no que fora o corpo de um inimigo; a pele tinha sido esfolada e a barriga era esticada para formar o tambor, e todo o corpo servia de caixa de ressonância para a batida que vibrava através da boca escancarada – grotesco, mas eficiente.

Norman Bates sorriu e se permitiu o luxo de um tremor reconfortante. *Grotesco, mas eficiente, com certeza!* Imagine esfolar um homem – vivo, provavelmente – e esticar o seu ventre para usá-lo como um tambor! Como eles conseguiam preservar o cadáver para evitar o apodrecimento? E que espécie de mentalidade poderia conceber uma ideia dessas?

Não era a ideia mais apetitosa do mundo, mas quando Norman semicerrava os olhos, quase podia ver a cena: a multidão de guerreiros nus, pintados, contorcendo-se e balançando-se em uníssono sob um sol selvagem, e a velha da tribo, ajoelhada diante deles, batendo o ritmo incessante no ventre inchado e distendido de um cadáver. A boca escancarada, mantida aberta à força, provavelmente fixada em uma careta por ganchos de osso, de onde o som emergia. As pancadas no ventre, atravessando os murchos orifícios interiores, abrindo a encolhida traqueia, para emergir, ampliadas, e com toda força, da garganta morta.

Por um momento, Norman quase pôde ouvir. Então ele lembrou que a chuva também tinha o seu ritmo, e passos...

Na verdade, ele sentiu os passos, mas sem realmente ouvi-los; a antiga familiaridade ajudava os seus sentidos. Cada vez que a Mãe entrava em um aposento, nem precisava olhar para saber que ela estava ali.

De fato, ele *não* olhou; fingiu continuar lendo. A Mãe estivera dormindo no seu quarto e ele sabia como ela podia ser rabugenta quando acabava de acordar. O melhor era ficar calado e torcer para que ela não estivesse em um dos seus ataques de mau humor.

"Sabe que horas são, Norman?"

Ele suspirou e fechou o livro. Sabia, já, que ela seria difícil: a pergunta em si era um desafio. A Mãe tinha de passar pelo enorme relógio do vestíbulo para chegar até aqui; ela poderia facilmente ver que horas eram.

Mas não valia a pena fazer disso um problema. Norman baixou o olhar para o relógio de pulso e sorriu. "Passa um pouco das cinco", respondeu. "Não pensei que fosse tão tarde. Eu estava lendo..."

"Pensa que não tenho olhos? Posso ver o que está fazendo." Ela estava à janela, a olhar a chuva. "E posso ver também o que você não estava fazendo. Por que não acendeu o letreiro quando viu que escureceu? E por que não está no escritório, que é o seu lugar?"

"Começou a chover tão forte, achei que não haveria movimento com esse tempo."

"Bobagem! Agora é que é o tempo para este negócio. Muita gente não gosta de dirigir quando chove."

"Acho improvável alguém vir a passar por estes lados. Todos tomam agora a rodovia nova." Norman ouviu a amargura se insinuar em sua voz; sentiu-a inchar-lhe a garganta até que ele sentisse o gosto. Tentou segurar, mas era tarde demais; ele tinha de vomitar. "Eu disse que seria assim, quando nos deram a dica de que a estrada iria ser transferida. A senhora poderia ter vendido o motel antes que a notícia da mudança se tornasse pública. Podíamos ter comprado um terreno por uma bagatela, e mais perto de Fairvale. Teríamos um novo motel, uma nova casa, ganharíamos algum dinheiro. Mas a senhora não quis me ouvir. Nunca me ouve, não é? É só o que *a senhora* quer, o que *a senhora* acha. A senhora me deixa doente!"

"Deixo, garoto?" A voz da mãe era ilusoriamente suave, mas não enganou Norman. Nem quando ela o chamou de "garoto". Quarenta anos, e ela o chamava de "garoto"; e o pior que era assim que ela o tratava, o que só piorava as coisas. Se ao menos ele não tivesse de ouvir! Mas ouvia, tinha de ouvir, nunca poderia deixar de ouvir.

"Então, deixo, garoto?", repetiu ela, com suavidade ainda maior. "Deixo você doente, hein? Pois bem: acho que não. Não, garoto: não sou *eu* quem deixa você doente. É *você mesmo*."

"Essa é a verdadeira razão por que você continua plantado neste lado da estrada, não é, Norman? A verdade é que lhe falta iniciativa. *Nunca* teve a menor iniciativa, não é, garoto?"

"Nunca teve a iniciativa de sair de casa. Nunca teve a iniciativa de arranjar um emprego, ou de se alistar no Exército. Nem mesmo de arranjar uma namorada..."

"A senhora é que não deixou!"

"Está certo, Norman: fui eu que não deixei... Mas se você fosse homem, teria feito o que queria."

Quis gritar que ela estava errada; mas não pôde. As coisas que ela dizia eram as mesmas que ele dissera a si mesmo, muitas e muitas vezes, ao longo dos anos. Era verdade. Ela sempre lhe ditara as leis, mas isso não queria dizer que ele sempre precisasse obedecê-las. As mães são às vezes dominadoras, mas nem todas as crianças se deixam dominar. Nem todas as viúvas e nem todos os filhos únicos se emaranhavam nesse tipo de relação. A culpa era tanto dele quanto dela. Porque ele não tinha iniciativa.

"Você sabe que poderia ter insistido", continuava ela. "Suponha que tivesse arranjado outro local e tivesse posto o lugar à venda. Não, tudo o que você fez foi choramingar. E eu sei por quê. Você nunca me enganou, um momento sequer. É que, em verdade, você não *queria* se mudar daqui. Nunca quis sair deste lugar, e nunca vai sair. Você *não pode* sair daqui, pode? Assim como também não pode crescer."

Ele não podia olhar para ela. Não quando ela falava coisas assim. E não havia para onde olhar. A lâmpada de contas, a velha mobília estofada demais, os objetos familiares – tudo de repente se tornara odioso, *justamente* por ser tão familiar, como os móveis de uma cela. Olhou pela janela, mas isso também não adiantava: lá fora só havia vento, chuva e escuridão. Ele sabia que não havia como escapar *dali*. Nenhuma fuga daquela voz vibrante, daquela voz que golpeava seus ouvidos como o tambor da barriga do inca; o tambor do morto.

Ele agarrou o livro e procurou se concentrar na leitura. Quem sabe se ele a ignorasse e fingisse calma.

Mas não adiantou.

"Olhe só você!", ela dizia (*o tambor prosseguia bum-bum- -bum e o som reverberava na boca mutilada*). "Sei por que não quis se dar ao trabalho de acender o letreiro. Sei por que nem foi abrir o escritório esta noite. Não foi por esquecer. Foi só porque não *quer* que ninguém apareça; porque tem esperança de que *ninguém* apareça."

"Tem razão!", ele resmungou. "Eu admito. Odeio dirigir um motel, sempre odiei."

"Não é só isso, garoto." (*Outra vez "garoto, garoto, garoto!", as batidas de tambor saindo das mandíbulas da morte.*) "*Você* odeia *as pessoas*. Porque, na verdade, você tem *medo* delas, não é? Sempre teve medo, desde pequeno. Melhor se enroscar numa cadeira debaixo de um abajur e ler um livro. Você fazia isso há trinta anos e continua fazendo agora: se esconder entre páginas de livros."

"Eu podia fazer coisas muito piores. A senhora mesma sempre disse isso. Pelo menos nunca saí para me meter em enrascadas. Não é melhor eu desenvolver a minha mente?"

"Desenvolvendo a mente? Ha!" Ele podia senti-la atrás de si, olhando-o de cima. "E chama a *isso* 'desenvolver'? Pensa que me engana? Nem por um minuto, garoto, nunca me enganou! Não é como se estivesse a ler a Bíblia, ou tentando se instruir. Sei o que *você* lê. Lixo. Pior que lixo!"

"Mas isso é uma história da civilização inca..."

"Aposto que é. Aposto que está repleta de coisas sujas sobre os selvagens, e suas indecências, como aquela que você leu sobre os Mares do Sul. Ah, pensava que eu não sabia *dessa*, não é? Escondeu-a no quarto, assim como as outras, todas aquelas coisas imundas que costuma ler..."

"A psicologia não é imunda, mãe!"

"E chama isso de psicologia! *Você* sabe muito sobre psicologia! Nunca vou esquecer aquela vez em que me disse coisas tão indecentes – nunca. E pensar que um filho pode abordar sua própria mãe com *esses* assuntos!"

"Mas eu só queria explicar uma coisa à senhora. É o que eles chamam de Complexo de Édipo. Achei que se nós dois pudéssemos examinar juntos racionalmente o problema e tentar compreendê-lo, talvez as coisas mudassem para melhor."

"Mudar, garoto? Nada vai mudar. Pode ler todos os livros do mundo, que será sempre o mesmo. Não preciso dar ouvidos a essa conversa obscena para saber quem é você. Até uma criança de oito anos saberia! E eles *sabiam*, todos os seus amiguinhos, na época. Você é um 'filhinho de mamãe'. Era assim que lhe chamavam, é isso o que você era. Era, é e sempre será. Um grande, gordo e marmanjo 'filhinho de mamãe'!"

Estava surdo por causa das pancadas das palavras dela, e das pancadas no seu próprio peito. Engasgava com o amargor na sua boca. Mais um minuto e teria de chorar. Norman sacudiu a cabeça. E pensar que ela ainda lhe podia fazer isso, mesmo agora! Mas ela podia, e fazia, e *faria*, de novo e de novo, a não ser que...

"A não ser quê?"

Meu Deus, ela podia ler seus *pensamentos*?

"Sei o que está pensando, Norman. Sei tudo sobre você, garoto. Mais do que imagina. E sei isto, também: o que você imagina. Está pensando que gostaria de me matar, não é, Norman? Mas não pode. Porque não tem iniciativa. Eu é que tenho a força. Sempre tive. O suficiente para nós dois. É por isso que você nunca vai se livrar de mim, mesmo se realmente quisesse."

"Naturalmente, no fundo – bem no fundo –, *não* quer. Precisa de mim, garoto. Essa é a verdade, não é?"

Norman se ergueu lentamente. Não ousava confiar em si próprio, a ponto de se voltar e encará-la. Ainda não. Primeiro, ele tinha de dizer a si mesmo que tivesse calma. Calma, muita calma. Não pense no que ela diz. Tente enfrentar, tente lembrar. *Ela é uma velha e não anda boa do juízo. Se continuar a ouvi-la, vai ficar do mesmo jeito. Diga a ela que volte para o quarto e se deite. É lá que é o lugar dela.*

E é melhor que ela vá depressa, se não, dessa vez, você vai estrangulá-la com o seu próprio cordão de prata...

Ele começou a se virar, a boca trabalhando, formando as frases, quando a campainha tocou.

Era o sinal; alguém havia chegado ao motel e queria ser atendido.

Sem sequer olhar para trás, Norman foi até o hall, pegou o seu impermeável no cabide e saiu para a escuridão.

Mary levou vários minutos para notar a chuva...

capítulo dois

②

DOIS

Mary levou vários minutos para notar a chuva que caía forte e ligar o limpador de para-brisas. Ela também acendeu os faróis; escurecera rapidamente, e a estrada à frente era só uma sombra vaga entre as árvores altas.

Árvores? Não se lembrava de ter visto árvores da última vez que passara por ali. Verdade é que fora no verão anterior, e chegara a Fairvale em pleno dia, descansada e lépida. Agora estava exausta por dezoito horas ao volante, mas ainda assim lembrava, e sentia que algo estava errado.

Lembrar – essa era a palavra-chave. Então, vagamente, ela *conseguia* se lembrar de como havia hesitado meia hora atrás, ao chegar à encruzilhada. Era isso: tomara o caminho errado. E agora ali estava ela, Deus sabe onde, com toda aquela chuva caindo e a escuridão completa lá fora...

Controle-se, agora. Você não pode se permitir entrar em pânico. O pior já passou.

Era verdade, disse a si mesma. A pior parte já fora. Tinha sido na tarde anterior, quando ela roubara o dinheiro.

Ela estava no escritório do senhor Lowery, quando o velho Tommy Cassidy sacou aquele grande maço de notas e pôs na escrivaninha. Trinta e seis notas do Federal Reserve, todas com o retrato de um homem gordo, que parecia um dono de armazém, e mais oito, com a cara de um homem que parecia um coveiro. O comerciante era Grover Cleveland e o coveiro, William McKinley. E trinta e seis mil dólares, com mais oito de quinhentos, somavam quarenta mil dólares.

Tommy Cassidy havia colocado as notas na mesa despreocupadamente, arrumando-as enquanto anunciava que fecharia o negócio e compraria a casa para sua filha como presente de casamento.

O senhor Lowery fingiu a mesma despreocupação enquanto se ocupava com a assinatura dos papéis. Mas, depois que o velho Tommy Cassidy saiu, o senhor Lowery ficou um tanto nervoso. Juntou o dinheiro, colocou-o num envelope de papel pardo e fechou-o. Mary reparou que as mãos dele tremiam.

"Olhe", disse ele, entregando-lhe o dinheiro, "leve ao banco. São quase quatro horas, mas Gilbert deixará você fazer o depósito." E fez uma pausa, olhando para ela. "O que há, senhorita Crane? Não se sente bem?"

Talvez ele tivesse percebido que as mãos *dela* tremiam ao pegar o envelope. Que importava? Ela sabia o que iria dizer, embora ficasse surpreendida quando ouviu a si mesma dizendo.

"Parece que é uma das minhas enxaquecas, senhor Lowery. Na verdade, ia justamente perguntar se poderia me dispensar o resto da tarde. Estamos ocupados com a correspondência, e antes de segunda-feira não terminaremos de preencher todos os formulários dessa transação."

O senhor Lowery sorriu. Estava de bom humor, e por que não estaria? Cinco por cento de quarenta mil dólares são dois mil dólares. Ele podia se permitir ser generoso.

"Claro, senhorita Crane. Faça o depósito e vá para casa. Quer que a leve no meu carro?"

"Não, obrigada: eu me arranjo. Um pouco de descanso..."

"É o remédio certo. Até segunda-feira, então. Fique tranquila – é o que sempre digo."

Dizia da boca para fora, pois Lowery era capaz de se matar por um dólar a mais e estava sempre disposto a matar de canseira seus funcionários, desde que isso lhe trouxesse mais cinquenta centavos.

Mas Mary Crane sorriu docemente e saiu do seu escritório e da sua vida. Levando os quarenta mil dólares consigo.

Uma oportunidade dessas não aparece todos os dias. Na verdade, quando você se depara com ela, muitos não parecem aproveitá-la de modo algum.

Mary Crane esperara vinte e sete anos pela dela.

A oportunidade de ir para a faculdade desaparecera aos dezessete, quando o pai fora atropelado por um automóvel. Em troca, Mary frequentara um curso técnico de administração por um ano, e depois se empregara para sustentar a mãe e a irmã mais nova, Lila.

A oportunidade de se casar lhe fugira aos vinte e dois, quando Dale Belter foi convocado para servir o Exército. Logo ele foi transferido para o Havaí, passou a mencionar uma certa moça em suas cartas, até que as cartas deixaram de chegar. Quando finalmente recebeu a notícia do casamento, o fato já pouco lhe importava.

Além disso, a mãe estava doente na época. Levou três anos para morrer, durante os quais Lila estava fora de casa.

A própria Mary insistira para que ela fosse para a faculdade, mas isso a deixou carregando todo o peso nos ombros. Trabalhando na Agência Lowery de dia e atendendo a mãe de noite, pouco tempo lhe sobrava para qualquer outra atividade.

Nem ao menos reparava na *passagem* do tempo. Quando a mãe teve, enfim, o último ataque, depois de lidar com toda a organização do funeral, a volta de Lila e suas tentativas de arranjar um emprego, de repente lá estava Mary Crane olhando a si mesma no espelho e a contemplar seu rosto tenso e contorcido mirando-a de volta. Atirou no espelho qualquer coisa, partindo-o em mil pedaços, e soube que isso não era tudo: também *ela* estava se quebrando em cacos.

Lila tinha sido maravilhosa e até o senhor Lowery ajudou, cuidando para que a casa fosse logo vendida. Quando todo o processo terminou, as duas ficaram com dois mil dólares em dinheiro. Lila arranjou emprego numa loja de discos, no centro, e elas se mudaram para um apartamento pequeno.

"Agora você vai tirar umas férias", determinou Lila. "Umas férias de verdade. Não, não discuta! Faz oito anos que você sustenta a família, já é tempo de descansar um pouco. Quero que faça uma viagem. Talvez um cruzeiro."

Assim, Mary embarcou no *S.S. Caledonia* e, após uma semana em águas do Caribe, a cara tensa e contorcida desapareceu do espelho de seu camarote. Ela parecia jovem de novo (bem, certamente nem um dia além de vinte e dois anos, disse a si mesma) e, o que é mais importante, apaixonada.

Não era o sentimento selvagem, impetuoso, que tinha sentido quando encontrara Dale Belter. Nem o estereótipo romântico do luar sobre a água, que geralmente se associa a um cruzeiro tropical.

Sam Loomis era uns bons dez anos mais velho que Dale Belter, e muito tranquilo, mas ela o amava. Parecia que seria a primeira oportunidade real de Mary, até que Sam lhe explicou umas tantas coisas.

"De certa maneira, nesta viagem, sou um impostor", disse ele. "É que tem essa loja de ferragens..."

E ele lhe contou toda a história.

A loja de ferragens ficava numa cidadezinha do norte, Fairvale. Sam trabalhara lá para o seu pai, contando que iria herdar o negócio. Fazia um ano que o pai morrera; foi quando os contadores lhe deram a má notícia.

Sam herdara o negócio, realmente, mas junto com dívidas de vinte mil dólares. O prédio estava hipotecado, o inventário estava hipotecado, até o seguro estava hipotecado. O pai nunca lhe falara sobre seus pequenos investimentos no mercado – isto é, na pista de corridas. Mas essa era a situação. Restavam duas saídas: ir à falência ou tentar saldar as dívidas.

Sam Loomis optou pela segunda. "O negócio é bom", explicou. "Nunca farei fortuna, mas com uma administração cuidadosa, pode-se fazer de oito a dez mil dólares por ano. E se eu puder trabalhar com uma boa linha de máquinas para lavoura, talvez até possa fazer mais. Já amortizei quatro mil dólares de dívidas. Calculo que em mais dois anos eu liquido o resto."

"Mas eu não entendo... Se deve assim, como pode fazer uma viagem como esta?"

Sam sorriu para ela. "Ganhei em um concurso. É verdade, um concurso para vendedores, patrocinado por um fabricante de máquinas agrícolas. Eu não estava tentando de jeito nenhum ganhar a viagem, só me esforçando para pagar os credores. Então eles me informaram que eu tinha faturado o primeiro prêmio na minha região."

"Quis trocar a viagem por um prêmio em dinheiro, mas eles não concordaram. Ou a viagem, ou nada. Bem, este é um mês ruim para negócios, e tenho um bom empregado na loja, achei que não me fariam mal umas férias. E aqui estou, e aqui está *você*." Riu-se, depois suspirou. "Gostaria que fosse nossa lua de mel."

"Sam, e por que não *poderia* ser? Isto é..."

Ele, porém, tornou a suspirar e abanou a cabeça. "Teremos de esperar. Pode levar dois ou três anos até eu saldar todas as dívidas."

"Não quero esperar! Não me importo com dinheiro. Posso largar meu emprego e trabalhar no armazém com você..."

"E também dormir no armazém, como eu?" Ele conseguiu sorrir de novo, mas era um riso tão alegre quanto um suspiro. "Para mim não é problema. Improvisei um lugarzinho nos fundos. Vivo de feijão a maior parte do tempo. Dizem que sou mais avarento que o banqueiro do lugar."

"Mas qual é a razão disso?", insistiu Mary. "Se você vivesse decentemente, talvez levasse apenas um ano a mais para pagar o que deve. E enquanto isso..."

"Enquanto isso teria de continuar em Fairvale. É uma boa cidade, mas pequena. Todos ali sabem dos negócios uns dos outros. Como estou dando duro, me respeitam. Fazem questão de comprar comigo, porque conhecem a minha situação e valorizam meu esforço. Meu pai tinha bom nome, a despeito do que aconteceu. Quero conservar esse bom nome, por mim e pelo negócio. E por nós dois, no futuro. Agora isso é mais importante ainda, não acha?"

"O futuro", suspirou Mary. "Dois ou três anos, você diz."

"Sinto muito. Mas quando nos casarmos quero uma boa casa para morarmos e tudo do melhor. Isso custa dinheiro.

Quando menos, precisa-se de crédito. Hoje, vou esticando os pagamentos aos fornecedores ao máximo. Eles continuarão a aceitar esse jogo enquanto souberem que tudo o que ganho, uso para pagar o que devo. A coisa não é fácil nem agradável. Mas sei o que quero, e não faço por menos. Por isso, paciência, meu bem."

Então ela foi tendo paciência. Mas só depois de compreender que nenhuma tentativa de persuasão – verbal ou física – mudaria sua decisão.

A situação estava nesse pé quando o cruzeiro terminou. E assim ficou por mais de ano. Mary foi visitá-lo no verão; viu a cidade, a loja, os últimos números dos livros de contabilidade, comprovando que Sam havia pagado mais cinco mil dólares. "Faltam só mais onze mil", disse ele, cheio de orgulho. "Mais dois anos, talvez menos."

Dois anos. Em dois anos ela faria vinte e nove. Não podia blefar, fazer uma cena e virar as costas como qualquer garota de vinte anos. Sabia que não haveria mais muitos Sam Loomises em sua vida. Assim, ela sorriu, meneou a cabeça e voltou para casa e para a Agência Lowery.

E na Agência Lowery observava o velho Lowery ganhar os seus cinco por cento, seguros, em cada venda que fazia. Via como ele comprava hipotecas comprometidas ou em execução, observava quando ele fazia ofertas rápidas, cruéis, astutas a vendedores desesperados, e depois ganhava alto, revendendo facilmente. As pessoas estavam sempre comprando, sempre vendendo. Ele só precisava ficar no meio, tirando porcentagens dos dois lados, apenas para ligar o vendedor e o comprador. Nada mais fazia para justificar sua existência. E com isso era rico. *Ele* não precisava de dois anos para pagar uma dívida de onze mil dólares. Às vezes ganhava isso em dois meses.

Mary o odiava, e odiava uma porção de compradores e vendedores com os quais ele negociava, porque também eram ricos. Esse Tommy Cassidy, então, era dos piores – um grande investidor, cheio do dinheiro feito com arrendamentos de petróleo. Não precisava, mas estava sempre se metendo com negócios imobiliários, farejando o medo ou a necessidade de algum infeliz, fazendo ofertas baixas e vendendo a preços altos, alerta para qualquer possibilidade de espremer um dólar a mais nos aluguéis ou na venda.

Para ele, não era nada dar quarenta mil dólares em dinheiro para comprar uma casa para a filha como presente de casamento.

Exatamente como Cassidy não achara nada demais pôr uma nota de cem dólares sobre a mesa de Mary Crane, seis meses atrás, e sugerir que ela fizesse uma "viagenzinha" de fim de semana com ele a Dallas.

Tinha sido tudo tão rápido, e com um riso tão despreocupado e afável, que ela nem conseguiu se indignar. Então o senhor Lowery entrou, e não se falou mais no assunto. Ela nunca falara disso, para amigos ou estranhos, e ele não repetiu a oferta. Mas ela não esquecera. Não podia esquecer o sorriso de lábios úmidos naquela cara de velho obeso.

E também não se esquecia de que o mundo pertencia aos Tommy Cassidys. Eles eram donos de tudo e impunham os preços. Quarenta mil dólares para a filha como presente de noivado; cem dólares atirados negligentemente em uma escrivaninha por três dias de aluguel do corpo de Mary Crane.

E assim eu peguei os quarenta mil dólares...

Era assim que começava a velha anedota, mas isso não tinha sido uma piada. Ela pegou o dinheiro e, em seu subconsciente, devia há muito tempo estar sonhando com essa oportunidade. Pois agora tudo parecia se ajeitar perfeitamente, como parte de um plano preconcebido.

Era uma sexta-feira à tarde. No dia seguinte, os bancos estariam fechados, o que queria dizer que Lowery não iria descobrir nada até segunda-feira, quando ela não aparecesse no escritório.

O melhor é que Lila havia viajado, de manhã cedo, para Dallas. Ultimamente, era ela quem fazia todas as compras para a loja de discos. Ela também só voltaria na segunda-feira.

Mary dirigiu até o apartamento e arrumou a mala. Levaria apenas uma mala com as melhores roupas e uma pequena bolsa. Ela e a irmã tinham trezentos e sessenta dólares escondidos num pote vazio de creme, mas ela não tocou neles. Lila precisaria desse dinheiro para manter o apartamento sozinha. Mary queria deixar um bilhete para a irmã, mas não teve coragem. Os dias seguintes seriam difíceis para Lila; mas não havia o que fazer. Talvez algo pudesse ser arranjado mais tarde.

Saiu do apartamento por volta das sete; uma hora mais tarde, em um subúrbio, fez uma parada e jantou. Então dirigiu até um letreiro que dizia CARROS USADOS OK e trocou o seu sedã por um cupê. Perdeu na transação, e perdeu ainda mais na manhã seguinte, ao repetir a operação numa cidade seiscentos quilômetros ao norte. Ao meio-dia, quando tornou a negociar, tinha só trinta dólares em dinheiro e uma lata velha maltratada, com o para-lama esquerdo amassado, mas não estava aborrecida. O importante era fazer uma porção de mudanças rápidas, embaralhar a pista e terminar num carro que a conduzisse até Fairvale. Uma vez ali, poderia ir mais para o norte, talvez até Springfield, e vender o último carro em seu nome. Como poderiam as autoridades encontrar o paradeiro de uma tal senhora Sam Loomis, residente numa cidade mais de cento e sessenta quilômetros dali?

Porque tinha a intenção de ser a senhora Sam Loomis – e o mais depressa possível. Contaria a Sam uma história de herança. Não de quarenta mil dólares – a soma seria muito grande e podia exigir explicações demais –, mas talvez aludisse a quinze mil. Diria que Lila recebera outro tanto, deixara o emprego e embarcara para a Europa. Isso explicaria por que não faria sentido convidá-la para o casamento.

Talvez Sam relutasse em aceitar o dinheiro, e certamente haveria muitas perguntas incômodas a responder; mas ela o amansaria. Teria de conseguir. Eles se casariam rapidamente; isso é o que importava. Ela teria o seu nome, então: senhora Sam Loomis, mulher do proprietário de uma loja de ferragens em uma cidade situada a mil quilômetros da Agência Lowery.

A Agência Lowery nem mesmo sabia sobre a existência de Sam. Naturalmente, eles procurariam Lila, e ela provavelmente adivinharia. Mas Lila não diria nada – pelo menos não antes de entrar em contato com Mary.

Quando essa hora chegasse, Mary teria de lidar com a irmã, mantê-la quieta diante de Sam e das autoridades. Não deveria ser muito difícil – Lila lhe devia isso em troca de todos aqueles anos em que a sustentara no colégio. Talvez ela até desse a Lila parte dos restantes vinte e cinco mil dólares. Decerto ela não aceitaria. Mas haveria uma solução; Mary não tinha feito planos para um futuro tão distante, mas quando a hora chegasse, teria a resposta.

Agora, porém, tinha de fazer uma coisa de cada vez, e o primeiro passo era chegar a Fairvale. No mapa, a distância era de apenas seis centímetros. Seis insignificantes centímetros de linhas vermelhas, ligando os pontos entre si. Mas tinha levado dezoito horas até ali; dezoito horas de excitação ininterrupta, dezoito horas forçando os olhos sob a luz dos faróis e os reflexos do sol; dezoito horas numa posição incômoda atrás do volante, lutando contra as câimbras, a estrada e as investidas mortais do cansaço.

Agora errara o caminho e chovia; anoitecera e ela estava perdida numa estrada desconhecida.

Relanceou o olhar ao espelho retrovisor, onde captou o apagado reflexo do próprio rosto. Os cabelos pretos e as feições regulares eram ainda os mesmos, mas o seu sorriso desaparecera e os lábios cheios estavam apertados numa linha angustiada. Onde vira antes aquele rosto tenso e contorcido?

No espelho, depois da morte de mamãe, quando me vi reduzida a pedaços...

Até ali, ela se considerara calma, fria, composta. Sem medo, sem remorso, sem sentimento de culpa. Mas o espelho não mentia. Ele lhe mostrava a verdade agora.

E dizia, silenciosamente, que *parasse. Você não pode cair de supetão nos braços de Sam desse jeito, aparecendo no meio da noite com essa cara e esse traje, denunciando a sua fuga precipitada. Sim, vai dizer a ele que quis surpreendê-lo com as boas notícias, mas você tem de parecer que está tão feliz que não podia esperar.*

O mais certo seria ela passar a noite em algum lugar, refazer-se e só na manhã seguinte, disposta e descansada, chegar a Fairvale.

Se fizesse meia volta e dirigisse até ao ponto de onde enveredara pela estrada errada, chegaria à estrada principal de novo. Poderia então procurar um motel.

Cabeceando, resistindo ao impulso de fechar os olhos, Mary sentou-se ereta e esquadrinhou as margens da estrada através da escuridão e do borrão da chuva.

Foi então que viu o letreiro, ao lado da entrada que conduzia ao pequeno edifício.

MOTEL – VAGAS. O letreiro estava apagado, mas talvez eles tivessem se esquecido de ligar, assim como ela se esquecera de acender os faróis quando a noite caíra de repente.

Entrou pela aleia, reparando que todo o motel estava às escuras, inclusive o cubículo envidraçado que provavelmente servia de escritório. Talvez o lugar estivesse fechado. Moderando a marcha, espiou de um lado e outro, depois sentiu os pneus passarem sobre um daqueles cabos elétricos de sinalização. Pôde então divisar a casa na colina, atrás do motel; as janelas da frente estavam iluminadas, e provavelmente o proprietário estava lá. Ele desceria num instante.

Desligou o motor e esperou. Ouvia o monótono som da chuva entre as lufadas do vento. Ela recordou-se do som, pois chovera assim no dia em que a mãe fora enterrada, o dia em que a depositaram naquele pequeno retângulo escuro. E agora a escuridão estava ali, em volta dela. Estava sozinha na escuridão. O dinheiro não a ajudaria e Sam não a ajudaria, porque ela errara o caminho e estava numa estrada desconhecida. Não haveria ajuda – ela cavara sua própria cova e agora tinha de deitar-se nela.

Mas por que pensava assim? Não era *cova*: era *leito*.

Ela ainda estava tentando entender quando uma grande sombra negra destacou-se das demais sombras e abriu a porta do carro.

③ capítulo três

"Procurando um quarto?"

PSICOSE

ROBERT BLOCH

TRÊS

"Procurando um quarto?"

Ao ver a face gorda e de óculos e ao ouvir a voz macia e vacilante, Mary soube que não haveria a menor dificuldade.

Balançou a cabeça, concordando, e desceu do carro, sentindo a dor nas panturrilhas enquanto o seguia até a porta do escritório. Ele a abriu, entrou no cubículo envidraçado e acendeu a luz.

"Desculpe se demorei. Eu estava ali em casa... A Mãe não está passando bem."

O escritório era sem graça, mas era aquecido, seco e bem iluminado. Mary estremeceu aliviada e sorriu para o homem gordo. Ele se inclinou sobre o livro de registro em cima do balcão.

"Os quartos de solteiro custam sete dólares. Gostaria de ver antes?"

"Não, não é preciso." Abriu depressa a bolsa, tirou uma nota de cinco dólares e duas de um e colocou-as no balcão, enquanto ele empurrava para ela o livro de registro e lhe apresentava uma caneta.

Por um momento, ela hesitou; então, escreveu um nome – *Jane Wilson* – e um endereço – *San Antonio, Texas*. Não podia fazer nada a respeito das placas do Texas pregadas no carro.

"Vou apanhar suas malas", disse o homem, contornando o balcão. Ela o acompanhou até o lado de fora. O dinheiro estava no porta-luvas, ainda no envelope grande, preso por um elástico forte. Talvez fosse melhor deixá-lo onde estava; trancaria o carro e ninguém iria se intrometer ali.

O homem conduziu as malas até o quarto, situado junto ao escritório. Era o mais próximo da recepção, mas ela não se importou: o principal era sair da chuva.

"Chuva enjoada", comentou o homem, recuando para o lado para lhe dar passagem. "Faz muito tempo que está no volante?"

"O dia inteiro."

O homem apertou um botão e a lâmpada de cabeceira desabrochou, abrindo pétalas de luz amarelada. A mobília era simples, mas suficiente. Reparou no chuveiro no banheiro à frente. Teria preferido uma banheira, mas tudo bem.

"Precisa de algo mais?"

Ela acenou que não, mas logo lembrou: "Tem algum lugar por aqui em que eu possa comer alguma coisa?"

"Bem, vamos ver. Havia um bar em que dava para comer um hambúrguer e tomar uma cerveja, a cinco quilômetros daqui, mas acho que fechou depois da construção da estrada nova. Não: o melhor é dar um pulo até Fairvale."

"A que distância fica?"

"Uns vinte e quatro, vinte e cinco quilômetros. Siga por essa estrada até chegar ao trevo; então vire à direita e torne a entrar na estrada principal. Depois é seguir quinze quilômetros em linha reta. Estranhei a senhorita não ter tomado esse caminho, se vai para o norte."

"É que me perdi."

O homem gordo abanou a cabeça e suspirou. "Já imaginava. O tráfego por aqui diminuiu muito desde que inauguraram a estrada nova."

Ela sorriu, distraída. Ele estava junto à porta, apertando os lábios. Seus olhos encontraram o olhar dele e ele baixou os seus, limpando a garganta.

"Hum... Senhorita... Se não estiver disposta a fazer toda essa viagem até Fairvale e voltar na chuva, eu pensei... Bem, eu ia agora mesmo para casa fazer um lanche. Se quiser me acompanhar, está convidada."

"Ah, não! Não quero incomodar."

"Por que não? Incômodo nenhum. A Mãe tornou a se recolher, e não vai cozinhar. Vou só cortar umas fatias de frios e fazer um café. Se isso for suficiente..."

"Bom..."

"Olhe, então vou logo aprontar as coisas."

"Muito obrigada, senhor..."

"Bates. Norman Bates." Ele recuou em direção à porta, esbarrando o ombro no batente. "Vou deixar essa lanterna para quando for subir a ladeira. Provavelmente vai querer trocar essas roupas molhadas antes."

Ele se voltou para sair, não antes que ela visse o seu rosto avermelhar. Não é que o sujeito parecia *envergonhado?*

Pela primeira vez em quase vinte horas um sorriso tomou o rosto de Mary Crane. Ela esperou que a porta se fechasse atrás dele e tirou a jaqueta. Abriu a bolsa de viagem em cima da cama e retirou um vestido estampado. Pendurou-o no cabide, na esperança de que desamassasse enquanto usava o banheiro. Por agora, iria só se refrescar um pouco; quando voltasse, prometeu a si mesma, tomaria um longo banho de chuveiro. Era do que precisava: disso, e de sono. Mas, primeiro, comida. Vamos ver: a maquiagem estava na bolsa, e ela podia usar o casaco azul que estava na mala grande...

Quinze minutos mais tarde estava batendo à porta da grande casa de madeira na colina.

Uma única luz brilhava na janela sem cortinas da sala de visitas, mas um reflexo mais brilhante provinha do segundo andar. Se a mãe dele estava doente, o quarto dela deveria ser ali.

Mary ficou parada, esperando que atendessem, mas nada aconteceu. Talvez ele estivesse no segundo andar também. Tornou a bater.

Enquanto isso, deu uma espiada pela janela da sala. Quase não acreditou no que viu; não imaginava que lugares assim ainda existissem nos dias de hoje.

Geralmente, mesmo uma casa velha exibe alguns indícios de reforma e melhorias. Mas a sala de visitas diante dela jamais fora modernizada. O papel florido das paredes, os pesados ornamentos em mogno, o tapete vermelho, as cadeiras de altos espaldares e exageradamente estofadas e a lareira encimada por painéis pareciam estar lá desde a virada do século. Não havia sequer uma televisão para inserir uma nota dissonante na cena; em compensação, reparou que em uma das mesinhas havia um velho gramofone. Percebeu um murmúrio de vozes, que a princípio pensou que vinham da corneta do gramofone. Então identificou a origem do som: vinha de cima, do quarto iluminado.

Mary tornou a bater, dessa vez com o fundo da lanterna. Então conseguiu ser percebida, pois o rumor de vozes cessou abruptamente e ela ouviu o leve som de passos. Em seguida viu o senhor Bates descendo as escadas. Ele abriu a porta, gesticulando para que ela entrasse.

"Desculpe", disse ele. "Estava ajudando a Mãe a se preparar para a noite. Às vezes ela é um pouco difícil."

"Disse que ela está adoentada. Não queria incomodar."

"Não, não incomoda em coisa alguma. Ela provavelmente vai dormir como uma criança." Bates olhou a escada por sobre o ombro, depois baixou a voz. "Na verdade, ela não está doente, ao menos *fisicamente.* Mas às vezes tem uns acessos..."

Sacudiu abruptamente a cabeça, depois sorriu: "Com licença, deixe-me tirar seu paletó para pendurar. Pronto. Agora, por favor, venha por aqui..."

Mary o acompanhou por um corredor que partia do vão da escada. "Espero que não se importe de comer na cozinha", murmurou. "Está tudo pronto. Por favor, sente-se. Vou trazer o café."

A cozinha combinava com a sala de visitas, com armários até o teto e uma pia antiquada, de bomba manual. Um enorme fogão de lenha ocupava um canto. Mas ele irradiava um calor agradável e, sobre a comprida mesa de madeira, forrada de xadrez vermelho e branco, havia travessas com linguiça, queijo e picles caseiros. Mary não sorriu do cenário antiquado; até achou que calhava muito bem. Na parede, a inevitável faixa em crochê com o lema *Deus Abençoe o Nosso Lar.*

Que fosse. Era muito melhor estar ali do que sentada sozinha em algum botequim sujo de vilarejo.

Bates ajudou-a a encher o prato. "Sirva-se, não espere por mim! Deve estar faminta."

Ela *estava* mesmo, e comeu com vontade; e tão absorta que nem reparou que Bates quase não comia. Quando percebeu, sentiu-se ligeiramente acanhada.

"O senhor mal tocou na comida! Aposto que já tinha jantado."

"Não, não jantei. É que não estou com muita fome." Ele tornou a encher a xícara de café de Mary. "É que às vezes a Mãe me deixa transtornado." Baixou de novo a voz e novamente ela tinha o tom de quem se desculpa. "Deve ser culpa minha. Não sirvo para cuidar dela."

"Vocês vivem aqui sozinhos, os dois?"

"Sim. Aqui nunca morou mais ninguém. Nunca."

"Deve ser duro."

"Não me entenda mal. Não estou me queixando." Ele ajeitou os óculos sem aro. "Meu pai foi embora quando eu ainda era um bebê. A Mãe teve de cuidar de mim sozinha. Ela tinha algum dinheiro de família, o bastante para nos sustentar, imagino, até que eu crescesse. Depois ela hipotecou a casa, vendeu a fazenda e construiu este motel. Nós cuidávamos do negócio juntos, e a coisa foi bem – até que a estrada nova nos deixou isolados."

"Na verdade, já fazia algum tempo que ela não estava bem. Então chegou a minha vez de cuidar dela. Mas às vezes não é fácil."

"Não tem outros parentes?"

"Nenhum."

"E nunca se casou?"

Seu rosto enrubesceu e ele baixou o olhar para a toalha xadrez.

Mary mordeu o lábio. "Desculpe. Não queria fazer uma pergunta tão pessoal."

"Não tem importância." Sua voz era fraca. "Nunca me casei. A Mãe tinha ideias – engraçadas – sobre essas coisas. E-Eu nunca nem me sentei à mesa com uma garota antes."

"Mas..."

"Parece esquisito, não? Nos tempos de hoje e na minha idade. Eu sei. Mas tem de ser. Eu digo para mim mesmo, ela estaria perdida sem mim – mas a verdade é que *eu* estaria ainda mais perdido sem *ela*."

Mary terminou o café, procurou na bolsa o maço de cigarros e ofereceu a Bates.

"Não, obrigado. Não fumo."

"Se importa se eu fumar?"

"Absolutamente. Pode ir em frente." Ele hesitou. "Gostaria de lhe oferecer alguma bebida, mas... A Mãe não permite álcool em casa."

Mary se recostou na cadeira, inalando a fumaça. De repente, sentia-se expansiva. Engraçado o que um pouco de calor, descanso e comida podem fazer com a gente. Uma hora antes, sentia-se solitária, infeliz, amedrontada e insegura. Agora tudo mudara. Talvez tivesse sido a conversa com o senhor Bates. *Ele*, sim, era realmente solitário, infeliz e cheio de medo. Comparada com ele, Mary sentia-se com dois metros de altura. Foi essa percepção que a levou a dizer: "Você não pode fumar. Você não pode beber. Não pode sair com garotas. O que *faz* além de dirigir o motel e cuidar de sua mãe?"

Ele pareceu não perceber o tom da voz dela. "Ah, faço muitas coisas. Leio muito. E tenho alguns hobbies." Ergueu a vista para uma prateleira na parede e ela seguiu o seu olhar. Um esquilo empalhado olhava para eles.

"Caçar?"

"Não. Taxidermia. George Blount me deu esse esquilo para empalhar. Foi ele que o caçou. A Mãe não quer que eu use armas de fogo."

"Senhor Bates, me desculpe por dizer isto, mas por quanto tempo pretende continuar assim? O senhor é um homem adulto. Com certeza compreende que não se pode esperar que se comporte como criança pelo resto da vida. Não quero ser grosseira, mas..."

"Eu compreendo. Tenho consciência da situação. Como lhe disse, tenho lido um bocado. Sei o que dizem os psicólogos a respeito dessas coisas. Mas tenho um dever a cumprir em relação à minha mãe."

"E não estaria cumprindo esse dever, em relação a ela e a si mesmo, se a mandasse... para uma instituição?"

"Ela não está louca!"

A voz já não era macia nem em tom de desculpas: era alta e estridente. O homem rechonchudo estava de pé, suas mãos varrendo uma xícara da mesa. Ela se espatifou no chão, mas Mary só tinha olhos para aquele rosto transfigurado.

"Ela não está louca", ele repetiu. "Não importa o que você ou os outros possam pensar. Não importa o que digam os livros, o que diriam os médicos do hospício. Sei muito bem o que aconteceria. Fariam um exame rápido e a prenderiam lá, se pudessem – eu só teria de dizer uma palavra. Mas eu não vou dizer, porque eu *sei*. Entende? Eu *sei*, e eles não. Eles não sabem como ela cuidou de mim todo esse tempo, quando ninguém mais ligava pra mim; como trabalhou e sofreu por mim, os sacrifícios que fez. Se agora ela está um pouco estranha, a culpa é minha. Eu sou o responsável. Aquela vez em que ela veio me dizer que queria se casar de novo, eu é que não deixei. Fui eu. É minha responsabilidade! Não venha me falar de ciúme, de posse – eu era pior do que ela é. Dez vezes mais louco, se for definir assim. Teriam *me* internado se soubessem as coisas que eu disse, o que fiz, como eu levei a situação. Bem, eu superei isso, afinal. Mas ela não. E quem é você para dizer que alguém deve ser internado? Eu acho que todos nós somos um pouco loucos de vez em quando."

Ele parou, não por falta de palavras, mas de fôlego. Seu rosto estava muito vermelho, e os seus lábios franzidos começaram a tremer.

Mary se levantou. "Eu... Eu sinto muito", disse suavemente. "De verdade. Eu lhe devo desculpas. Eu não tinha direito de dizer o que disse."

"Sim, eu sei. Não tem importância. É que eu não costumo falar sobre isso. Vivendo sozinho, essas coisas ficam guardadas. Como se ficassem engarrafadas. Engarrafadas ou empalhadas, como aquele esquilo ali."

O rosto dele iluminou e ele tentou sorrir. "Engraçadinho esse bichinho, não acha? Eu sempre quis ter um como animal de estimação."

Mary pegou a bolsa. "Eu vou indo. Está ficando tarde."

"Por favor, não vá. Desculpe se fiquei nervoso."

"Não é por isso. É que estou mesmo muito cansada."

"Pensei que a gente poderia conversar um pouco mais. Queria lhe falar sobre meus hobbies. Tenho uma espécie de oficina no porão..."

"Não. Eu gostaria, mas agora eu realmente preciso descansar."

"Está bem. Vou descer com você. Tenho de fechar o escritório. Acho que esta noite não vai ter mais movimento."

Atravessaram o vestíbulo e ele a ajudou a vestir o casaco. Ele era desajeitado, e ela começou a ficar irritada, mas se conteve quando entendeu o motivo. Ele tinha medo de tocar nela. Era isso. O coitado tinha medo de chegar perto de uma mulher!

Ele pegou a lanterna e ela o seguiu para fora da casa e pelo caminho abaixo, até o estacionamento em torno do motel. A chuva tinha parado, mas a noite ainda estava escura e sem estrelas. Ao passar pela quina do motel, Mary olhou rapidamente a casa. A luz do segundo andar continuava acesa, e ela se perguntou se a mulher ainda estaria acordada e se teria escutado a conversa, ouvido a explosão final.

O senhor Bates parou em frente à porta do quarto, esperou que ela pusesse a chave na fechadura e a abrisse.

"Boa noite", ele disse. "Durma bem."

"Obrigada. E obrigada pela hospitalidade."

Ele abriu a boca, depois se afastou. Pela terceira vez naquela noite, ela viu que estava vermelho.

Ela então fechou e trancou a porta. Podia ouvir os seus passos se afastando, e depois o estalido da porta do escritório anexo sendo aberta.

Não o ouviu sair; sua atenção estava ocupada com a tarefa de desarrumar as malas. Tirou fora o pijama, os chinelos, um pote de creme, a escova e a pasta de dentes. Depois vasculhou a grande valise em busca do vestido que planejava usar na manhã seguinte para encontrar Sam. Tinha de pendurá-lo para desamassar. Amanhã tudo deveria estar organizado.

Tudo organizado...

De repente, já não se sentia com dois metros de altura. Mas a mudança fora assim tão rápida? Ou começara quando o senhor Bates tinha ficado histérico, lá na casa? O que ele tinha dito que realmente a desanimara?

Todos nós somos um pouco loucos de vez em quando.

Mary Crane abriu um espaço para si na cama e sentou-se.

Sim. Era verdade. Todos somos meio doidos de vez em quando. Assim como ela tinha ficado louca, na tarde de ontem, quando viu todo aquele dinheiro em cima da escrivaninha.

E estava doida desde então. Ela *tinha* de estar doida para pensar que ia conseguir escapar com aquele plano. Tudo parecia um sonho transformado em realidade, e era. Um sonho. Um sonho *louco*. Ela sabia, agora.

Talvez pudesse despistar a polícia. Mas Sam faria perguntas. *Quem* era esse parente que lhe deixara tanto dinheiro? Onde morava? Por que nunca tinha falado dele antes? Por que trouxera dinheiro vivo? O senhor Lowery não fez nenhuma objeção a que ela deixasse o emprego assim de repente?

E havia ainda Lila. Suponha-se que reagisse, como Mary previra... Viesse procurá-la antes de ir à polícia e até concordasse em ficar calada por gratidão. O fato é que Lila *sabia*. Haveria complicações.

Mais cedo ou mais tarde Sam iria querer visitar Lila, ou convidá-la. E não daria certo. Não poderia futuramente manter relações com a irmã; nem poderia explicar a Sam o porquê, porque não ia ao Texas nem para uma visita.

Era tudo uma loucura.

Mas era tarde para fazer alguma coisa.

Ou *não?*

E se ela dormisse um bom sono, umas dez horas de sono. O dia seguinte era um domingo; se saísse às nove e fosse direto chegaria na cidade de volta na segunda-feira de manhã cedo. Antes de Lila chegar de Dallas, antes de o banco abrir. Poderia depositar o dinheiro e ir direto para o escritório.

Claro, ficaria morta de cansaço. Mas nem por isso morreria, e ninguém saberia.

Havia o problema do carro, claro. Daria algum trabalho explicar para Lila. Talvez pudesse dizer que fora a Fairvale com a intenção de fazer uma surpresa para Sam. O carro tinha enguiçado, teve de ser rebocado; o negociante dissera que precisava de um motor novo. Então tinha decidido se livrar dele, apanhar essa lata velha e voltar para casa.

Sim, seria uma explicação aceitável.

Claro, fazendo as contas, a viagem teria custado uns setecentos dólares. Para isso que o carro tinha valido a pena.

Mas valia a pena pagar. Setecentos dólares não é muito para pagar pela sanidade mental de alguém. Pela segurança, pelo futuro de alguém.

Mary se levantou.

Era isso o que ia fazer.

E sentiu-se novamente com dois metros. Era *tão* simples. Se fosse religiosa, teria rezado. Como não era, sentiu uma curiosa sensação – que palavra era? – de predestinação. Como se tudo o que acontecera tivesse *fatalmente* de ter acontecido. Ter se enganado no caminho, parar naquele motel, encontrar aquele homem patético, ouvir a sua explosão, escutar aquela frase final que tinha feito com que caísse em si.

Quase foi procurá-lo para lhe dar um beijo – mas logo imaginou, com uma risadinha, qual seria o efeito desse gesto. O coitado provavelmente desmaiaria!

Tornou a rir. Era bom ter dois metros de altura, mas a questão era: será que caberia no box do chuveiro? Era o que ia fazer agora, tomar um bom e longo banho quente. Tirar a sujeira do corpo, assim como iria limpar a alma. *Você vai ficar limpa, Mary. Limpa como a neve.*

Entrou no banheiro, chutou fora os sapatos e se abaixou para tirar as meias. Então ergueu os braços, puxou o vestido pela cabeça, atirou no quarto ao lado. Caiu fora da cama, mas não ligou. Abriu o sutiã, jogou longe, fazendo um arco. Agora, a calcinha...

Por um momento, ficou de pé diante do espelho da porta, avaliando a si mesma. Talvez o rosto tivesse vinte e sete anos, mas o corpo, seu corpo flexível e branco, tinha vinte e um. Era bem feita. *Danada* de bem feita. Sam gostaria. Gostaria que ele estivesse ali para admirá-la. Seria um inferno ter de esperar mais dois anos. Mas ela haveria de recuperar o tempo perdido. Dizem que uma mulher não é sexualmente madura antes dos trinta. Isso é o que ela iria descobrir.

Rindo de novo, Mary ensaiou passos de dança. Atirou um beijo para sua imagem no espelho e recebeu um de volta. Depois entrou no box do chuveiro. A água estava quente e ela teve de misturar um pouco da torneira fria. Afinal, abriu completamente ambas as torneiras e deixou o calor jorrar sobre seu corpo.

Não podia ouvir nada além do barulho da água, e o banheiro começou a se encher de vapor.

Foi por isso que não percebeu a porta abrir, nem o som de passos. Logo que as cortinas do chuveiro se abriram, o vapor obscureceu o rosto.

Então ela *viu* – um rosto, espiando entre as cortinas, flutuando como uma máscara. Um lenço escondia os cabelos e os olhos vidrados a observavam, inumanos. Mas não era uma máscara, não podia ser. Uma camada de pó dava à pele uma brancura de cadáver; havia duas manchas de ruge nas maçãs do rosto. Não era uma máscara. Era o rosto de uma velha louca.

Mary começou a gritar. A cortina se abriu mais e uma mão apareceu, empunhando uma faca de açougueiro. E foi a faca que, no momento seguinte, cortou o seu grito.

E a sua cabeça.

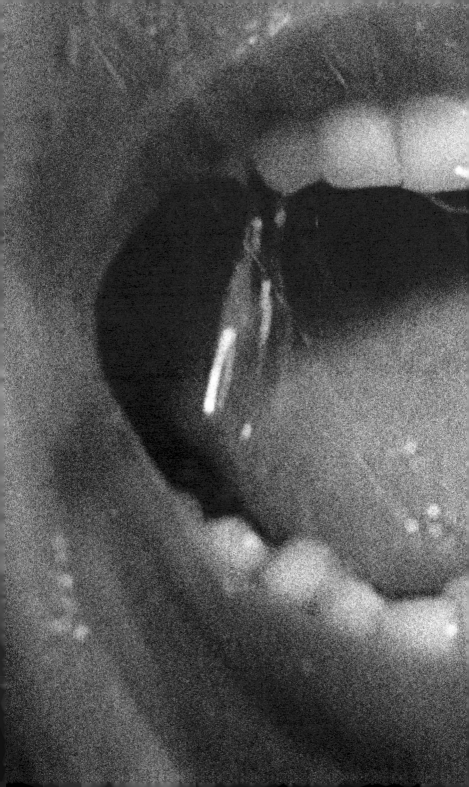

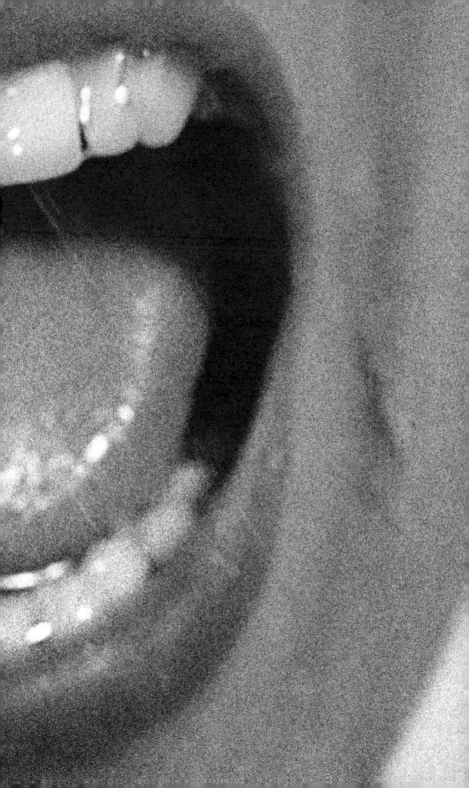

capítulo quatro

④

No minuto em que entrou no escritório...

QUATRO

No minuto em que entrou no escritório, Norman começou a tremer. Era a reação, é claro. Havia acontecido coisas demais, rápido demais. Não podia mais manter tudo fechado, engarrafado.

Garrafa. Era o que precisava: uma bebida. Tinha mentido para a moça, naturalmente. Era verdade que a Mãe não admitia álcool em casa, mas ele *bebia*. Guardava uma garrafa no escritório. Tem horas em que você tem de beber, mesmo sabendo que o seu organismo não é feito para ingerir álcool, mesmo que uns goles sejam suficientes para deixar você tonto, para fazer você desmaiar. Mas há horas em que você *quer* desmaiar.

Norman lembrou-se de baixar a persiana e apagar a luz do letreiro. Pronto. Fechado para a noite. Ninguém iria reparar na luz fraca da lâmpada da escrivaninha com as persianas abaixadas. Ninguém o veria abrir a gaveta e tirar a garrafa, com as mãos trêmulas como as de um bebê. *O bebê quer mamar.*

Virou a garrafa e bebeu, fechando os olhos. O uísque queimava, e isso era bom. Queimava a amargura. O calor desceu garganta abaixo, explodiu no estômago. Talvez mais um trago também queimasse aquele gosto de medo.

Tinha sido um erro convidar a moça para sua casa. Norman soube no mesmo instante em que abrira a boca, mas ela era tão bonita, e parecia tão cansada e desamparada. Ele sabia o que era estar cansado e desamparado, sem ter a quem recorrer, sem ninguém que compreendesse. Só o que queria, só o que ele fez, foi conversar com ela. Depois, a casa era *sua,* não era? Tanto quanto de sua Mãe. Ela não tinha o direito de impor regras, como fazia.

Mesmo assim, tinha sido um erro. Ele nunca teria ousado se não estivesse tão zangado com a Mãe. Ele queria desafiá-la. E isso era mau.

Mas tinha feito muito pior do que o convite. Tinha ido para casa e contado à Mãe que teria companhia. Tinha marchado até o quarto e anunciado isso, como se dissesse: "Atreva-se a fazer alguma coisa!"

Não devia ter feito isso. A Mãe já estava bastante alterada, e quando ele contou que a garota estava vindo jantar praticamente teve um ataque de nervos. Foi histérica a sua reação, o jeito com que gritava: "Se você trouxer essa moça aqui, eu mato! Mato essa vadia!"

Vadia. A Mãe não falava essas coisas. Mas foi o que disse. Ela estava doente, muito doente. Talvez a moça tivesse razão. Talvez a Mãe devesse ser internada. Estava ficando de um jeito que ele não conseguia mais cuidar dela sozinho. Nem de si mesmo. E o que a Mãe diria sobre "cuidar de mim mesmo"? Era um pecado. Você pode queimar no inferno.

O uísque queimava. A terceira dose, mas ele precisava. Precisava de uma porção de coisas. Também nisso a moça tinha razão. Aquilo não era vida. Não podia continuar assim por muito mais tempo.

A refeição tinha sido uma provação. O tempo todo com medo de que a Mãe fizesse uma cena. Tinha fechado a porta do quarto dela a chave, trancando-a lá dentro, e a toda hora imaginava se ela iria começar a gritar e a esmurrar. Mas ela tinha ficado quieta, quieta demais, como se estivesse escutando. Provavelmente era isso que fazia. Podia trancar a Mãe no quarto, mas não podia impedir que ela escutasse.

Norman tinha esperança de que, àquela altura, ela já estivesse dormindo. No dia seguinte talvez tivesse esquecido toda a história. Isso acontecia muitas vezes. E então, quando ele pensava que ela tinha esquecido completamente algum incidente, ela voltava a falar dele meses depois, como um raio em céu azul.

Céu azul. Ele riu da frase. Não havia mais céus límpidos e azuis. Só nuvens e escuridão, como naquela noite.

Ouviu então um rumor, e se endireitou na cadeira. Era a Mãe chegando? Não, não podia ser. Estava trancada, lembra? Devia ser a moça no quarto ao lado. Sim, ele podia ouvi-la – ela abrira a valise, aparentemente, e estava tirando coisas, aprontando-se para dormir.

Norman tomou outra dose. Só para acalmar os nervos. E dessa vez fez efeito. Sua mão já não tremia. Já não tinha medo. Não quando pensava na moça.

Engraçado: quando a viu, teve uma sensação horrível de... Como era a palavra? *Im* alguma coisa. *Im*portância. Não, não era isso. Ele não se sentia importante quando estava com mulher. Ele se sentia... *im*possível? Também não era. Ele conhecia aquela palavra, tinha lido em livros centenas de vezes, naquele tipo de livro que a Mãe nem sabia que ele tinha.

Bem, não importava. Era como ele se sentia quando estava com a moça, mas não agora. Agora ele poderia fazer qualquer coisa.

E havia tantas coisas que ele queria fazer com uma moça como aquela. Jovem, bonita. Inteligente também. Ele tinha bancado o idiota explodindo quando ela falara sobre a Mãe. Agora ele admitia que ela tinha falado a verdade. Ela sabia, ela entendia. Pena ela não ter ficado e conversado mais.

Talvez nunca mais a visse. Amanhã ela iria embora. Embora para sempre. Jane Wilson, de San Antonio, Texas. Imaginava quem seria ela, para onde iria, que espécie de *pessoa* realmente era, no íntimo. Poderia se apaixonar por uma moça como aquela. Sim, poderia, depois de vê-la apenas uma vez. Não era engraçado. Mas ela riria, provavelmente. Era assim que as garotas eram... elas sempre riam. Porque eram umas vadias.

A Mãe tinha razão. Elas eram vadias. Mas não dá pra evitar, não quando a vadia era tão bonita como essa, e quando a gente sabia que nunca mais voltaria a vê-la. Você *tem* de vê-la de novo. Se fosse homem, era o que teria lhe dito, quando estava com ela no quarto. Teria levado a garrafa e lhe oferecido um trago, bebido com ela, e então a levaria para a cama e...

Não, não o faria. Nã*o você.* Porque você é impotente.

Essa era a palavra que queria lembrar, não era? *Impotente*. A palavra que os livros traziam, a palavra que a Mãe usava, a palavra que significava que nunca a veria de novo, pois não valeria a pena. A palavra que as vadias sabiam. Elas sabiam, e é por isso que elas sempre riam.

Norman bebeu mais uma dose – um gole, apenas. Podia sentir o líquido escorrer pelo queixo. Devia estar bêbado. Pois bem: estava bêbado – e daí? Contanto que a Mãe não soubesse. Contanto que a garota não soubesse. Seria tudo um segredo. Impotente, ele? Bem, isso não queria dizer que não poderia voltar a vê-la.

Ele iria vê-la, agora mesmo.

Curvou-se sobre a escrivaninha, a cabeça inclinada até quase tocar a parede. Ouviu mais ruídos. Graças à sua longa experiência, sabia interpretá-los. A garota sacudira os sapatos dos pés. Agora estava entrando no banheiro.

Ele estendeu a mão. Estava trêmula outra vez, mas não de medo. Era excitação: ele sabia o que iria fazer. Iria afastar para o lado o alvará emoldurado e espiar pelo buraquinho que fizera há muito tempo. Ninguém sabia do buraquinho, nem a Mãe. Principalmente a Mãe. Era o seu segredo.

O pequeno buraco era apenas uma rachadura na parede do outro lado, mas ele conseguia ver através dele. Ver o banheiro iluminado. Às vezes enxergava uma pessoa de pé bem de frente. Às vezes só enxergava o reflexo dela no espelho, mais além. Mas podia ver. Via o suficiente. Deixe as vadias rirem dele. Ele sabia mais sobre elas do que podiam imaginar.

Estava difícil para Norman focar os olhos. Sentia calor e tontura, calor e tontura. Parte disso era por conta da bebida; parte, de excitação. Mas a maior parte era por causa dela.

Ela *estava* no banheiro agora, de pé, diante da parede. Mas não iria notar a fenda. Nenhuma reparava. Ela sorriu, afofando o cabelo. Agora se curvava, tirava as meias. E, quando ergueu o corpo, sim, ela ia fazer, estava puxando o vestido pela cabeça, ele podia ver o sutiã e a calcinha, ela não pode parar agora, não pode se afastar.

Mas ela se afastou, e Norman quase gritou "Volte aqui, sua vadia!", mas se conteve a tempo, quando viu que ela tirava o sutiã em frente ao espelho da porta. Só que o espelho era todo de linhas onduladas e reflexos que o deixavam tonto, e era difícil identificar qualquer forma, até que ela deu um passo para um lado. Agora ele podia ver...

Ia tirar, *estava* tirando, e ele podia ver, ela estava de pé em frente do espelho, *fazendo gestos!*

Será que ela sabia? Será que *sabia* todo o tempo que havia uma fresta na parede, que ele estava espiando? Queria que ele a espiasse, fazia isso de propósito, a vagabunda? Estava se balançando, para frente e para trás, para frente e para trás, e agora o espelho novamente ondulava, ela ondulava, e ele não podia suportar aquilo, queria esmurrar a parede e gritar que parasse, pois era ruim, era perverso o que estava fazendo. É isso que as vagabundas fazem com você, elas corrompem, e ela era uma vadia, elas eram todas vadias, a Mãe era uma...

De repente ela desapareceu e ficou só o som da água. O rugido crescia, sacudia a parede, afogando palavras e ideias. Vinha de dentro da sua cabeça, e ele caiu sentado na cadeira. *Estou bêbado,* disse a si mesmo. *Estou perdendo os sentidos.*

Mas não era bem isso. O rugido continuava e em alguma parte dentro dele ele ouviu outro rumor. A porta do escritório foi aberta. Como poderia ser? Tinha trancado a porta, não tinha? E ainda estava com a chave. Se ele abrisse os olhos, ele poderia encontrá-la. Mas não podia abrir os olhos. Ele não tinha coragem. Por que agora ele sabia.

A Mãe também tinha a chave.

Tinha a chave do quarto dela. Tinha a chave da casa. Tinha a chave do escritório.

E agora ela estava ali, olhando para ele. Tomara que ela achasse que ele estava dormindo. O que ela estava fazendo ali, afinal? Será que tinha ouvido ele sair com a moça e tinha descido para espionar?

Norman estava jogado na cadeira, sem ousar se mexer, sem querer se mexer. A cada instante ficava mais difícil se mover, mesmo que *quisesse*. O rugido continuava, e a vibração embalava a chegada do sono. Aquilo era bom, ter a mãe de pé, embalando-o até que adormecesse...

Então ela se foi. Virou-se em silêncio e saiu. Não havia nada a recear. Ela tinha vindo protegê-lo das vagabundas. Sim, era isso. Tinha vindo para protegê-lo. Sempre que ele precisava dela, a Mãe estava lá. Agora ele podia dormir. Não havia engano. Era só entrar no rugido, e depois *além* do rugido. Estava tudo silencioso. *Dormir, dormir em silêncio.*

Norman acordou com um sobressalto, atirando a cabeça para trás. Deus, como doía! Ele tinha apagado sentado na cadeira, realmente apagado. Não admirava que tudo estivesse a esmurrar e a rugir. *Rugindo.* Ele ouvira o mesmo som antes. Há quanto tempo – uma, duas horas?

Agora reconhecia o ruído. Era o chuveiro no quarto ao lado. Era isso. A moça entrara no chuveiro. Mas isso tinha sido há muito tempo. Ela não podia *ainda* estar lá, podia?

Estendeu a mão, inclinando o alvará emoldurado na parede. Seus olhos se enviesaram e então se fixaram no banheiro fortemente iluminado. Estava vazio. Não podia ver dentro do box do chuveiro. As cortinas estavam fechadas.

Quem sabe ela tinha esquecido o chuveiro aberto e ido para a cama se deitar. Parecia estranho que ela pudesse dormir com a água jorrando com aquela força, mas ele tinha acabado de fazer isso. Talvez a fadiga intoxicasse tanto quanto o álcool.

De qualquer forma, não parecia haver nada errado. O banheiro estava em ordem. Norman esquadrinhou o lugar novamente, então notou o piso.

A água do chuveiro escorria para os ladrilhos. Não muito, um pouco apenas, o suficiente para que visse. Um fiozinho de água a escorrer no piso branco.

Mas era água mesmo? Água não é *rosa*. A água não tem filetes vermelhos, finos filetes vermelhos que pareciam veias.

Ela devia ter escorregado, deve ter caído e se machucado, concluiu Norman. Mesmo com um crescente sentimento de pânico, sabia o que precisava fazer. Agarrou as chaves na escrivaninha e correu para fora do escritório. Achou rapidamente a chave do quarto ao lado e abriu a porta. O quarto estava vazio, mas a mala ainda estava aberta sobre a cama. Ela não partira. Portanto, ele havia adivinhado: tinha havido um acidente no chuveiro. Ele teria de entrar lá.

Só quando entrou no chuveiro lembrou-se de uma coisa... mas já era tarde. Sentiu o pânico tomar conta dele – mas isso não o ajudaria. Ainda se lembrava.

Mamãe também tem as chaves do motel.

E, ao abrir num impulso a cortina do chuveiro e contemplar a coisa decepada e contorcida que jazia no piso do box, compreendeu que a Mãe tinha usado suas chaves.

capítulo cinco ⑤

Norman trancou a porta e subiu a colina até a casa.

CINCO

Norman trancou a porta e subiu a colina até a casa. Suas roupas estavam uma bagunça. Cheias de sangue, claro, e água. E ele tinha vomitado em todo o piso do banheiro.

Mas agora isso não tinha importância. Havia outras coisas a limpar antes.

Dessa vez ele iria fazer algo a respeito, e seria definitivo. Ele iria colocar a Mãe no lugar dela. Ele precisava.

Todo o pânico, o medo, o horror, a náusea e a repulsa tinham dado lugar a essa resolução prioritária. O que acontecera era trágico, trágico demais para palavras, mas nunca aconteceria de novo. Sentia-se um novo homem – o homem que era.

Subiu correndo os degraus da entrada e experimentou a porta da frente. Não estava trancada. A luz da sala ainda estava acesa, mas o lugar estava vazio. Deu uma olhada e subiu a escada.

A porta do quarto da Mãe estava aberta e a luz de cabeceira espalhava um leque de luz no corredor. Entrou sem bater. Não precisava fingir mais. Ela não ia sair dessa.

Ela não ia sair...
Mas saíra.
O quarto estava deserto.

Ainda podia ver o leito amarrotado e fundo onde ela estivera deitada, as cobertas atiradas para os pés da enorme cama de dossel; sentia o leve cheiro de mofo no quarto amplo. A cadeira de balanço imóvel a um canto, os enfeites da penteadeira arrumados como sempre. Nada mudara no quarto da Mãe; nunca mudava. Mas a Mãe desaparecera.

Ele entrou no closet, mexendo nas roupas em cabides alinhados na longa vara central. Ali o cheiro acre era muito forte – tão forte que quase o sufocou. Mas havia outro odor também. Só quando seu pé escorregou ele baixou os olhos e percebeu de onde vinha. Um dos vestidos dela e um lenço de cabeça estavam embolados no chão. Abaixou-se para apanhá-los e tremeu de asco quando notou as manchas escuras e avermelhadas de sangue coagulado.

Ela tinha voltado ali, então. Viera, trocara de roupa e saíra.

Ele não podia chamar a polícia.

Era isso o que precisava lembrar. Não devia chamar a polícia. Nem mesmo agora que sabia o que ela fizera. Porque ela não era responsável. Era doente.

Um assassinato a sangue frio é uma coisa; doença é outra. Não se é realmente criminoso quando se sofre da cabeça. Todo mundo sabe. Mas às vezes os tribunais não concordam. Já tinha lido sobre vários casos. Mesmo que reconhecessem que havia algo errado com ela, iriam querer que fosse internada. Não em uma casa de repouso, mas em um daqueles lugares horrorosos. Um manicômio judiciário.

Contemplou o quarto arrumado, antiquado com seu papel de parede estampado de rosas. Não podia arrancar a mãe dali para ser encarcerada numa cela miserável. Por enquanto estava seguro – a polícia nem sabia que ela existia. Não saía de casa, *ninguém* a conhecia. Não tinha problema contar para a moça, porque ela nunca mais o veria. Mas a polícia não podia descobrir sobre a Mãe e como ela era. Eles a deixariam trancada até apodrecer. Não importa o que ela tinha feito, não merecia *aquilo*.

E não haveria de passar por isso, porque ninguém sabia o que ela tinha feito.

Ele estava bem certo, agora, de que poderia evitar que os outros soubessem. Tudo o que tinha de fazer era pensar, pensar sobre o que tinha acontecido, pensar com cuidado.

A moça viajava sozinha; disse que tinha dirigido o dia todo. Isso significava que não estava visitando – estava de passagem. Nem sabia onde ficava Fairvale, não citou nenhuma das cidades próximas, de modo que provavelmente não pretendia visitar alguém nas redondezas. Quem quer que a estivesse esperando – se é que alguém a *estava* esperando – deveria residir mais para o norte.

Claro que tudo isso era suposição, mas parecia lógico. Ele teria de confiar que estava certo.

Ela assinara o livro de registro, naturalmente, mas isso não queria dizer nada. Se alguém perguntasse, diria que ela passara a noite e depois continuara seu caminho.

Tudo o que tinha a fazer era livrar-se do cadáver e do carro e depois deixar tudo absolutamente limpo.

Seria fácil. Sabia exatamente o que fazer. Não seria agradável, mas também não seria difícil.

E assim não precisaria procurar a polícia. E salvaria a Mãe.

Sim, ele ainda queria ajustar as contas com ela – não tinha desistido, não dessa vez – mas isso poderia esperar.

O importante, agora, era se desfazer das provas. Do *corpus delicti*.

Teria de queimar o vestido e o lenço da Mãe, assim como a roupa que vestia. Não, pensando bem, podia dar sumiço a tudo quando se livrasse do corpo.

Embolou as roupas numa trouxa e levou para baixo. Apanhou uma camisa velha e um macacão do gancho nos fundos do hall, tirou suas roupas na cozinha e vestiu as outras. Não valia a pena se lavar agora – isso podia esperar até que terminasse o resto desse trabalho sujo.

A Mãe, porém, tinha lembrado de se lavar quando voltou. Ele podia ver mais manchas rosadas aqui na pia da cozinha; alguns traços indiscretos de ruge e pó de arroz também.

Disse a si mesmo que limparia tudo completamente quando voltasse, e então sentou-se e transferiu todo o conteúdo dos bolsos da roupa que acabara de despir para os do macacão. Era uma pena jogar fora roupas boas como essas, mas não dava para evitar. Não se quisesse ajudar a Mãe.

Norman desceu até o porão e abriu a porta do antigo depósito de frutas. Achou o que procurava – um velho cesto para roupas, com a tampa meio estragada. Era grande o suficiente; serviria lindamente.

Lindamente – meu Deus, como podia pensar assim sobre o que ia fazer?

Estremeceu com o pensamento. Respirou fundo. Não era hora para autocrítica. Tinha de ser prático. Muito prático, muito cuidadoso, muito calmo.

Calmamente, atirou as roupas no cesto. Calmamente, pegou um velho oleado de uma mesa junto à escada do porão. Calmamente, tornou a subir a escada, desligou a luz da cozinha, desligou a luz do vestíbulo e saiu para a escuridão, carregando o cesto com o oleado por cima.

Era mais difícil manter-se calmo ali no escuro. Mais difícil deixar de pensar nas mil e uma coisas que poderiam acabar mal.

A Mãe tinha partido – para onde? Estaria na estrada, pronta para ser apanhada por qualquer um que passasse? Será que ainda estava histérica, será que o choque faria com que deixasse escapar a verdade ao primeiro que a encontrasse? Teria fugido, ou estaria só confusa? Talvez ela tivesse passado pela mata atrás da casa e seguido pela estreita faixa de dez acres do terreno que ia até o pântano. Não seria melhor ir procurá-la primeiro?

Norman suspirou e sacudiu a cabeça. Não podia correr esse risco. Não enquanto aquela coisa estivesse esparramada no box do chuveiro do motel. Deixar aquilo ali seria mais arriscado ainda.

Tinha tido a presença de espírito de apagar todas as luzes antes de sair, tanto no escritório quanto no quarto dela. Nunca se sabia quando alguém iria aparecer e começar a bisbilhotar em busca de acomodações. Não acontecia sempre, mas de vez em quando a campainha tocava; às vezes à uma, às duas da manhã. E pelo menos uma vez por noite a Polícia Rodoviária Estadual passava por ali. Quase nunca parava, mas era possível.

Ele ia aos tropeções na completa escuridão da noite sem lua. A aleia era coberta de pedrinhas e não tinha lama; mas a chuva decerto amolecera o chão por trás da casa. Haveria pegadas. Tinha de pensar nisso. Deixaria pegadas que ele próprio não poderia enxergar. Se ao menos não estivesse tão escuro! De repente, isso era o mais importante: sair daquela escuridão.

Norman sentiu-se aliviado quando finalmente abriu a porta do quarto da moça, colocou o cesto dentro e acendeu a luz. A claridade suave lhe deu segurança por um momento, até que pensou no que a luz acesa revelaria quando entrasse no banheiro.

De pé, no meio do quarto, ele começou a tremer.
Não, não posso fazer isso. Não posso olhar pra ela. Não vou lá dentro. Não vou!
Mas você tem de ir. Não há outro jeito. E pare de falar sozinho!
O mais importante era isso. Tinha de parar de falar sozinho. Tinha de se sentir calmo de novo. Tinha de encarar a realidade.

E que realidade era essa?

Uma moça morta. A moça que sua mãe matara. Não era uma bela cena, nem uma ideia alegre, mas lá estava.

Fugir não faria a moça reviver. Entregar a Mãe à polícia também não resolveria a situação. O melhor a fazer nessas circunstâncias, a única coisa a fazer, era livrar-se dela. Não precisava se sentir culpado.

Mas ele não conseguiu reprimir a náusea, a tontura e as secas convulsões de vômito quando teve de entrar no box do chuveiro e fazer o que precisava ser feito. Achou logo o facão, que estava sob o torso. Deixou-o logo cair dentro do cesto. Havia um velho par de luvas no bolso do macacão: teve de calçá-las para conseguir tocar o resto. A cabeça era o pior. Só ela fora separada do corpo; o mais só tinha talhos, e ele precisou dobrar os membros para enrolar o cadáver no oleado e forçá-lo pela entrada da cesta. Então estava feito; ele fechou a tampa com força.

Ainda restavam o banheiro e o chuveiro para lavar, mas só na volta trataria disso.

Agora tinha de arrastar o cesto para o quarto, procurar a bolsa da moça e revistá-la em busca das chaves do carro. Abriu a porta devagar, vasculhando a estrada em busca de faróis. Ninguém à vista – ninguém passara naquele caminho por horas. Só podia esperar e rezar que ninguém *viesse* agora.

Ele estava suando muito antes de conseguir abrir o porta-malas do carro e empurrar o cesto para dentro; suava, não pelo esforço, mas por medo. Mas conseguiu, e então estava de volta ao quarto, pegando as roupas e jogando na bolsa de viagem e na valise em cima da cama. Encontrou os sapatos, as meias, o sutiã e a calcinha... Tocar no sutiã e na calcinha foi o pior. Se tivesse alguma coisa na barriga, teria saído naquele momento. Mas não tinha nada no estômago além da secura do medo, enquanto a umidade do medo molhava a sua pele.

Que mais? Lenços de papel, grampos, todas as coisinhas que uma mulher deixa espalhadas num quarto. Sim, e a bolsa dela. Havia algum dinheiro dentro, mas ele nem olhou. Não queria dinheiro. Ele só queria se livrar daquilo rápido, enquanto estava com sorte. Colocou as duas bolsas no carro, no banco da frente. Trancou a porta do quarto. Tornou a examinar a estrada nas duas direções. Caminho livre.

Norman deu a partida ao motor e acendeu os faróis. Esse era o perigo, acender os faróis. Mas nunca conseguiria de outro jeito, não através do campo. Dirigiu lentamente, subindo a colina atrás do motel e pelo caminho de pedrinhas que levava à entrada de carros e à casa. Mais um trecho coberto de pedras levava aos fundos da casa e terminava no velho barracão que fora convertido em garagem para o seu Chevrolet.

Mudou a marcha e o carro deslizou para a relva. Estava no campo, agora, sacudindo. Havia um caminho acidentado ali, formado por marcas de pneus. De tempos em tempos, Norman costumava seguir em seu próprio carro por essa vereda, levando o reboque. Ia até as matas em volta do pântano para catar lenha para o fogão.

Faria isso no dia seguinte, decidiu. A primeira coisa que faria de manhã cedo: levar o carro e o reboque para o mato.

Assim, o rastro de seu próprio carro cobriria o deste. E se deixasse pegadas na lama, haveria uma explicação.

Isso se *precisasse* explicar alguma coisa. Talvez a sorte continuasse ajudando.

Continuou o suficiente para que alcançasse a margem do pântano e fizesse o que tinha de fazer. Lá, ele apagou os faróis e lanternas e trabalhou no escuro. Não foi fácil, e levou um longo tempo, mas conseguiu. Afinal, terminou. Deu partida ao motor, engatou marcha a ré, saltou do carro e o deixou recuar pela rampa até o pântano. A rampa ficaria marcada com o rastro dos pneus – ele precisava lembrar de apagar. Mas agora isso não era importante. Pelo menos enquanto o carro afundava. Podia ver a lama subir borbulhando até acima das rodas. Meu Deus, agora tinha de continuar afundando; se não afundasse, nunca conseguiria tirá-lo dali. Ele *tinha* de afundar! Os para-lamas mergulhavam – lentos, muito lentos. Há quanto tempo estava ali? Parecia que horas tinham se passado, e o carro ainda era visível. A lama atingiu as maçanetas; subia para os vidros laterais e o para-brisa. Não ouvia o mínimo rumor; o carro continuava afundando, centímetro a centímetro. Agora só o teto era visível. Súbito, um ruído de sucção, um plop forte e abrupto, e o carro desapareceu. Estava sob a superfície do pântano.

Norman não sabia que profundidade tinha o pântano naquele ponto. Só podia torcer para que o carro continuasse a afundar. Para o fundo, bem fundo, onde ninguém nunca pudesse encontrar.

Afastou-se com uma careta. Bom, aquela parte tinha terminado. O carro estava no pântano. E o cesto estava no porta-malas. E o corpo contorcido e a cabeça sangrenta.

Não podia continuar pensando nisso. Não *devia* pensar nisso. Restavam coisas por fazer.

Ele as fez, quase mecanicamente. Havia sabão e detergente no escritório, além de escova e balde. Norman repassou o banheiro, centímetro por centímetro; depois fez o mesmo no box. Mantendo-se concentrado em esfregar, a coisa não era tão ruim, embora o cheiro o deixasse enjoado.

Depois inspecionou o quarto mais uma vez. A sorte ainda o protegia; embaixo da cama encontrou um brinco. Não tinha notado que ela estava usando brincos no começo da noite, mas devia estar. Talvez tivesse caído quando ela sacudiu os cabelos. Se não, o outro devia estar por ali em algum lugar. Norman estava cansado e tinha os olhos turvos, mas continuou a procurar. Não estava em parte alguma, portanto deveria estar na bagagem ou ainda preso à orelha dela. Nos dois casos, não tinha importância. Contanto que ele se livrasse deste. Iria jogá-lo no pântano na manhã seguinte.

Agora era só cuidar da casa. Ia esfregar a pia da cozinha. O relógio antigo do vestíbulo marcava quase duas horas quando entrou. Mal conseguia manter os olhos abertos o suficiente para lavar as manchas da pia. Então descalçou os sapatos enlameados, tirou o macacão, despiu a camisa e as meias, e se lavou. A água estava gelada, mas ainda assim não o despertou. Seu corpo estava adormecido.

Na manhã seguinte voltaria ao pântano em seu próprio carro; voltaria a vestir a mesma roupa, e não haveria problema se tivesse manchas de lama e de sujeira. Contanto que não houvesse sangue em lugar nenhum. Sem sangue na roupa, sem sangue no corpo, sem sangue nas mãos.

Pronto. Agora estava limpo. Podia mover as pernas dormentes, empurrar o corpo entorpecido pela escada acima e quarto adentro, cair na cama e dormir. De mãos limpas.

Só quando estava no quarto, vestindo o pijama, lembrou-se do que ainda estava errado.

A Mãe não regressara.

Ainda vagueava, Deus sabia onde, no meio da noite. Ele tinha de tornar a se vestir e sair, tinha de encontrá-la.

Mas... tinha mesmo?

A ideia chegou de mansinho, assim como o torpor rastejou sobre ele, roubando os seus sentidos, suave, lento, no silêncio macio.

Por que *ele* deveria se preocupar com a Mãe, depois do que ela fizera? Talvez tivesse sido apanhada, ou seria. Talvez já tivesse até contado a história toda. E quem acreditaria? Não havia mais provas. Tudo o que ele tinha a fazer era negar. Talvez nem precisasse. Quem quer que visse a Mãe e ouvisse aquela história desvairada, saberia que ela estava louca. Então a internariam, internariam em algum lugar onde ela não tivesse a chave e de onde não pudesse sair, e seria o fim.

Ele lembrava que não tinha se sentido assim no começo da noite. Mas isso foi antes de precisar voltar para o banheiro, antes de entrar no box e ver aquelas... *coisas*.

A Mãe tinha feito aquilo com ele. Tinha feito com aquela pobre moça desamparada. Tinha apanhado um facão, rasgado e cortado... ninguém, a não ser um louco, teria cometido tamanha atrocidade. Era preciso encarar os fatos. A Mãe *era* louca. Ela *merecia* ser internada, *deveria* ser internada, para segurança dela e dos outros.

Se a apanhassem, tomaria providências para que isso acontecesse.

Mas era mais provável que ela não se aproximasse da rodovia. Provavelmente ela tinha ficado nas imediações da casa ou do quintal. Talvez o tivesse seguido até o pântano; quem sabe se não ficara a observá-lo todo o tempo?

Naturalmente, se estivesse fora do juízo, tudo podia acontecer. Se ela *tivesse* ido ao pântano, talvez tivesse escorregado. Era bem possível, naquele escuro. Ele pensou em como o carro tinha afundado, sumindo na areia movediça.

Norman sabia que já não estava raciocinando bem. Percebia vagamente que estava deitado, que já fazia um longo tempo que estava deitado. E não estava realmente decidindo sobre o que faria, ou pensando na Mãe, no paradeiro dela. Em vez disso, ele a *observava*. Ele podia *ver*, embora ao mesmo tempo sentisse a pressão do torpor nos olhos e soubesse que suas pálpebras estavam fechadas.

Podia ver a Mãe, e ela *estava* no pântano. Era lá que ela estava, no pântano; tropeçara na escuridão e não podia mais sair. A lama borbulhava em torno dos seus joelhos, ela tentava agarrar um galho ou algo sólido para puxar seu corpo para fora, mas não conseguia. Os quadris afundavam, o vestido estava colado no corpo, formando um V na frente das suas coisas. As coxas da Mãe estavam sujas. Ele não devia olhar.

Mas ele *queria* olhar, *queria* vê-la se afundar na escuridão macia, molhada e escorregadia. Ela merecia, merecia afundar, merecia ir se juntar àquela pobre moça inocente. Já vai tarde! Daqui a pouco ele ficaria livre das duas – vítima e vencedor; Mãe e vadia, a Mãe vadia lá no fundo no lodo sujo, deixa, deixa que se afogue naquele muco imundo, torpe...

Agora estava sobre os seios, ele não gostava de pensar sobre essas coisas, nunca pensava nos seios da Mãe, ele não devia, e era bom que estavam desaparecendo, afundando para sempre, e ele nunca mais teria de pensar nisso de novo. Podia vê-la arquejar, e ele também arquejava; sentiu como se estivesse sufocando junto com ela, e depois... (*era sonho, tinha de ser sonho!*) a Mãe estava de repente de pé no chão firme, à beira do pântano e era *ele* que afundava. *Ele* estava na imundície até o pescoço e não havia ninguém para salvá-lo, ninguém para ajudá-lo, nada em que pudesse se agarrar a não ser que a Mãe estendesse os braços. *Ela* poderia salvá-lo, só ela! Ele não queria se afogar, não queria ficar estrangulado, sufocado na lama, não queria afundar como a moça-vadia. E agora se lembrava por que ela estava ali: porque tinha sido assassinada; e tinha sido assassinada porque era o mal. Ela tinha se exibido diante dele, deliberadamente o tentara com a perversidade da sua nudez. Ora, ele próprio quis matá-la quando ela fez aquilo, pois a Mãe lhe ensinara sobre o mal e sobre os caminhos do mal, e não deixarás viver uma vadia.

Então, o que a mãe tinha feito era para protegê-*lo*, ele não podia vê-la morrer, ela não errara. Ele precisava dela agora, e ela precisava dele, e mesmo que fosse louca, ela não o deixaria afundar. Ela *não podia.*

A sujeira sugava a sua garganta, beijava os seus lábios e se abrisse a boca ele sabia que a engoliria, mas ele tinha de abrir para gritar, e *estava* gritando: "*Mãe, mãe, me salva!*"

Então se viu fora do pântano, em sua cama, em seu lugar, e o seu corpo estava encharcado, mas de suor. Ele sabia que tinha sido um sonho, mesmo antes de ouvir a voz dela junto à cama.

"Está tudo bem, filho. Estou aqui. Está tudo bem." Ele podia sentir a mão na sua testa, e era fria, como o suor que principiava a secar. Queria abrir os olhos, mas ela disse "Não se preocupe, filho. Volte a dormir."

"Mas tenho de lhe contar..."

"Já sei. Eu estava olhando. Você não pensou que eu tinha fugido e abandonado você, pensou? Você agiu bem, Norman. Agora está tudo bem."

Sim. Era assim que devia ser. Ela estava ali para protegê-lo. Ele estava ali para protegê-la. Estava quase dormindo quando tomou a decisão. Nenhum dos dois falaria a respeito do que acontecera naquela noite. Nem agora, nem nunca. E ele não pensaria mais em interná-la. Não importava o que fizera, o lugar dela era ali, ao lado dele. Talvez fosse mesmo louca, e assassina, mas era tudo o que tinha. Tudo o que desejava. Tudo de que necessitava. Bastava saber que ela estava ali, ao lado dele, enquanto adormecia.

Norman se virou e caiu numa escuridão ainda mais densa e devoradora que a do pântano.

Pontualmente às seis da tarde...

capítulo seis

6

SEIS

Pontualmente às seis da tarde da sexta-feira seguinte, aconteceu um milagre.

Ottorino Respighi veio ao quarto dos fundos da única loja de ferragens de Fairvale para tocar o seu *Impressões Brasileiras*.

Ottorino Respighi estava morto há muitos anos, e a orquestra sinfônica – l'*Orchestre des Concerts Colonne* – tinha executado a sua obra a milhares de quilômetros de distância.

Mas quando Sam Loomis ligou seu pequeno rádio FM, a música brotou, aniquilando o espaço, o tempo e a própria morte.

Em sua opinião, isso era um autêntico milagre.

Por um momento, Sam desejou não estar sozinho. Milagres devem ser compartilhados. Música deve ser compartilhada. Mas em Fairvale não havia ninguém que reconhecesse aquela música, nem o milagre da sua presença. Os habitantes de Fairvale eram práticos. Música era apenas algo que você obtinha quando punha um níquel na vitrola automática ou ligava a televisão. Na maioria das vezes era *rock 'n' roll*, mas de vez em quando vinha algo mais clássico, como aquele *Guilherme Tell* que costumava tocar nos filmes de faroeste. O que é tão maravilhoso nesse Ottorino Não-Sei-O-Quê, ou quem quer que seja?

Sam Loomis sacudiu os ombros e sorriu. Não se lamentava. Talvez as pessoas de cidades pequenas não gostassem do seu tipo de música, mas pelo menos lhe davam liberdade para que ele a apreciasse. Assim como ele não tentava influenciar as preferências dos outros. Estavam de acordo.

Sam pegou da prateleira o grande livro de registro da contabilidade e o levou para a mesa da cozinha. Na próxima hora, a mesa serviria de escrivaninha. Assim como ele assumia o papel de contador.

Esse era um dos inconvenientes de morar ali, no cômodo nos fundos do armazém de ferragens. Não havia espaço disponível e tudo tinha de ser improvisado. Ainda assim, ele aceitava a situação. Não seria por muito mais tempo, a julgar pelo andamento das coisas.

Um rápido olhar pelos números parecia confirmar o seu otimismo. Teria de checar o que faltava no estoque, mas era quase certo poder pagar outros mil dólares naquele mês. O que elevaria a três mil a totalidade dos pagamentos do semestre. E a época não era de grandes vendas. Com a entrada do outono, as vendas iriam aumentar.

Sam fez as contas em um pedaço de papel. Sim, provavelmente conseguiria. Isso o fazia se sentir muito bem. Mary também haveria de gostar.

Ultimamente, Mary não andava muito alegre. Suas cartas, pelo menos, davam a impressão de que ela estava deprimida. Isso quando ela escrevia. Pensando bem, ela já lhe devia algumas cartas. Ele tinha escrito para ela outra vez, na última sexta-feira, e nada de resposta. Quem sabe estava doente. Não: se fosse esse o caso, teria recebido um bilhetinho da sua irmã mais nova, Lila, ou um nome assim. Provavelmente Mary estava desanimada, deprimida. Coitada, ele entendia. Ela vinha aguentando essa situação há muito tempo.

Ele também, claro. Não era fácil viver daquele jeito. Mas era a única maneira. Ela compreendia; ela concordara em esperar.

Talvez ele devesse tirar uns dias de folga na próxima semana, deixar Summerfield à frente do negócio, e fazer uma viagem rápida para ver Mary. Aparecer de repente, fazer-lhe uma surpresa, animá-la. Por que não? As coisas estavam devagar no momento e Bob poderia cuidar da loja sozinho.

Sam suspirou. A música baixava em espirais em tom menor. Provavelmente era o tema do jardim das serpentes. Sim, ele estava reconhecendo, com suas cordas deslizantes, sopros contorcendo-se acima do sonolento contrabaixo. Serpentes. Mary não gostava de serpentes. Provavelmente também não gostaria desse tipo de música.

Às vezes quase se perguntava se não teria sido um engano fazerem planos para o futuro. Afinal de contas, o que sabiam um do outro, na verdade? Com exceção da convivência no cruzeiro e dos dois dias que Mary passara ali, no ano anterior, nunca tinham estado juntos. Havia as cartas, é verdade, mas talvez elas só piorassem as coisas. Nelas, Sam descobrira uma outra Mary – uma personalidade instável, quase petulante, dada a gostos e desgostos tão fortes que eram quase preconceitos.

Sacudiu os ombros. O que tinha dado nele? Seria a morbidez da música? Subitamente teve consciência da tensão nos músculos da sua nuca. Escutou com atenção, esforçando-se para isolar o instrumento, descobrir a frase musical que desencadeara aquela reação. Havia algo errado, algo que ele intuía, algo que quase podia ouvir.

Levantou-se, empurrando para trás a cadeira.

Agora estava ouvindo. Eram leves batidas na porta do armazém. Claro, só podia ser isso; ele tinha ouvido alguma coisa que o incomodara. Alguém estava girando a maçaneta da porta da frente.

O armazém estava fechado, com cortinas e tudo, mas talvez fosse algum turista. Provavelmente. As pessoas da cidade sabiam quando ele fechava o armazém e também que morava no quarto dos fundos. Se quisessem algo fora do horário, telefonariam antes.

Bom, negócio era negócio, fosse quem fosse o freguês. Apressado, Sam seguiu pelo corredor escuro da loja. A persiana tinha sido abaixada na porta da frente, mas ele podia ouvir batidas nervosas com toda a nitidez, agora – na verdade até as panelas e os potes do balcão estavam sacudindo.

Devia ser uma emergência, com certeza. Provavelmente algum freguês precisando de lâmpada nova para a lanterna Mickey Mouse do garoto.

Tateou o bolso, achou o chaveiro. "Está bem", avisou, "já vou abrir." E abriu, com destreza, escancarando a porta sem tirar a chave da fechadura.

Ela estava de pé no limiar, sua silhueta desenhada contra a luz do poste na calçada à frente. Por um momento, o choque do reconhecimento o deixou imóvel; então ele deu um passo para frente e seus braços se fecharam em torno dela.

"Mary!", ele murmurou. Sua boca procurou a dela, com alívio e desejo. Mas ela enrijeceu, recuou, cerrou os punhos e começou a golpear o seu peito. O que estava errado?

"Não sou Mary!", arquejou. "Sou Lila."

"Lila?" Ele deu um passo para trás. "A garota... Quero dizer, a irmã de Mary?"

Ela balançou a cabeça. Quando o fez, Sam vislumbrou o seu rosto de perfil, e a luz brilhou nos seus cabelos. Cabelos castanhos, mais claros que os de Mary. Agora via a diferença na forma arrebitada do nariz, no ângulo alto dos ossos faciais. Era também um pouquinho mais baixa, os quadris e os ombros ligeiramente mais estreitos.

"Desculpe", murmurou ele. "Foi a luz."

"Não tem importância." A voz também era diferente: mais suave e baixa.

"Não quer entrar?"

"Bem...", ela hesitava, olhando na direção dos pés, e então Sam notou a valise na calçada.

"Vamos: deixe que eu levo a valise." Ao passar pelo corredor, acendeu a luz dos fundos. "Meu quarto é lá atrás", ele disse. "É por aqui."

Ela o seguiu em silêncio. Não em silêncio completo, pois o poema musical de Respighi ainda enchia o ar. Ao entrarem na improvisada residência, Sam fez menção de desligar o rádio. Lila levantou a mão.

"Deixe", pediu. "Quero ver se reconheço a música. Villa-Lobos?"

"Respighi. Chama-se *Impressões Brasileiras.* Gravação da Urânia, me parece."

"Oh, não temos isso em nosso estoque." Pela primeira vez ele se lembrou de que Lila trabalhava numa loja de discos.

"Quer continuar ouvindo ou prefere conversar?", perguntou Sam.

"Desligue. Melhor conversarmos."

Ele concordou com a cabeça, inclinou-se sobre o aparelho, depois a encarou. "Sente-se", convidou. "Tire o casaco."

"Obrigada. Não pretendo me demorar. Preciso procurar um quarto."

"Veio visitar?"

"Só por esta noite. Talvez vá embora amanhã cedo. E não se trata propriamente de uma visita. Vim à procura de Mary."

"À procura de..." – e Sam a olhou espantado. "E o que ela estaria fazendo aqui?"

"Estava esperando que você me dissesse."

"Dizer, como? Mary não está aqui!"

"Mas *esteve*? Quero dizer, no princípio da semana?"

"Claro que não. Não a vi mais, desde que esteve aqui no verão passado." Sam se sentou no sofá-cama. "Que aconteceu, Lila? Que história é essa?"

"Eu também gostaria de saber."

Lila desviou o olhar dos olhos dele, baixou os olhos e fitou as mãos. Elas se torciam no regaço, torciam como serpentes. À luz mais viva, Sam reparou que seus cabelos eram quase louros. Agora não se parecia nada com Mary. Era uma garota muito diferente. Uma garota nervosa e infeliz.

"Por favor", pediu Sam. "Diga o que houve."

Lila ergueu subitamente o olhar, os grandes olhos cor de avelã procurando os seus. "Não mentiu quando disse que Mary não esteve aqui?"

"Não. Eu disse a verdade. Estas últimas semanas não tenho tido notícias dela. Estava começando a ficar preocupado. E agora você chega de repente e..." – sua voz se quebrou. "Conte logo!"

"Muito bem: acredito no que diz. Mas não há muito o que contar." Lila respirou fundo e recomeçou a falar, as mãos se movendo inquietas sobre a saia. "Ontem fez uma semana que vi Mary no apartamento. Foi na noite em que saí para Dallas, para visitar alguns fornecedores. Sou eu que faço todas as compras para a loja. Passei fora o fim de semana e domingo à noite tomei o trem de volta. Segunda-feira cedo, quando me levantei, não vi Mary no apartamento. A princípio isso não me preocupou: talvez ela tivesse saído mais cedo para o trabalho. Mas geralmente ela me telefonava no correr do dia. Como não ligou, lá pelo meio-dia telefonei para o escritório. O senhor Lowery atendeu. Disse que estava se preparando para me ligar, para saber o que tinha havido. Mary não comparecera ao trabalho. Não a via ou falava com ela desde sexta-feira à tarde."

"Espere um pouco", disse Sam, lentamente. "Deixe-me entender bem isso. Quer dizer que já faz uma semana que Mary está desaparecida?"

"Receio que sim."

"Então por que não me avisaram antes?" Levantou-se, sentindo de novo a tensão nos músculos da nuca, sentindo-a na garganta e na própria voz.

"Por que não procurou entrar em contato comigo, telefonou? E a polícia?"

"Sam. Eu..."

"Em vez disso, esperou todo esse tempo e agora vem aqui me perguntar se a vi. Não faz sentido!"

"Nada faz sentido. Você vê, a polícia ainda não sabe. E o senhor Lowery nem sabe que *você* existe. Depois do que ele me falou, concordei em não dar parte à polícia. Mas fiquei tão preocupada, tão assustada, e eu tinha de saber. Foi por isso que hoje decidi vir de carro até aqui e descobrir por mim mesma. Pensei que talvez vocês dois tivessem planejado a coisa juntos."

"Planejado o quê?", gritou Sam.

"É isso o que eu gostaria de saber." A voz era suave, mas não havia suavidade no rosto do homem que estava de pé na porta. Alto, magro, muito bronzeado, um chapéu Stetson cinza sombreava-lhe a fronte, mas não os olhos. Os olhos eram azuis e duros como gelo.

"Quem é o senhor?", perguntou Sam. "Como entrou aqui?"

"A porta da frente estava aberta e entrei. Vim aqui conseguir algumas informações, mas vejo que a senhorita Crane chegou na frente. Talvez o senhor possa responder a nós dois."

"Responder?"

"Isso mesmo." O homem alto avançou, uma das mãos enfiada no bolso da jaqueta cinzenta. Sam ergueu o braço, depois o deixou cair, quando a mão lhe estendeu uma carteira. O homem a abriu. "Meu nome é Arbogast. Milton Arbogast. Investigador licenciado, representante da Paridade Mútua. Temos uma apólice de seguro da Agência Lowery, onde sua namorada trabalhava. É por isso que estou aqui. Quero saber o que vocês dois fizeram com aqueles quarenta mil dólares."

⑦

capítulo sete

O Stetson cinzento estava agora sobre a mesa...

SICO
SICO

BERT BLO

SETE

O Stetson cinzento estava agora sobre a mesa, e a jaqueta cinzenta, pendurada nas costas de uma das cadeiras de Sam. Arbogast apagou seu terceiro cigarro no cinzeiro e imediatamente acendeu outro.

"Muito bem", disse ele. "O senhor não saiu de Fairvale durante toda a última semana. Acredito, Loomis. Sabe que é melhor não mentir. Seria muito fácil para mim checar essa história aqui na cidade." O investigador puxou uma lenta baforada. "Mas isso não prova que Mary não tenha vindo ver *você*. Poderia ter vindo aqui, na surdina, uma noite destas, exatamente como a irmã dela veio nesta noite."

Sam suspirou. "Mas não veio. Olhe aqui: o senhor ouviu o que Lila disse. Há semanas não tinha notícias de Mary. Escrevi uma carta para ela na última sexta-feira, o mesmo dia em que se supõe que ela tenha desaparecido. Por que eu faria uma coisa dessas, se tivesse a certeza de que ela viria aqui?"

"Para despistar, naturalmente. Uma jogada muito esperta." Arbogast soltou a fumaça selvagemente.

Sam coçou a nuca. "Não sou assim tão esperto. Não sou nada esperto. Não sabia nada sobre o dinheiro. O senhor mesmo explicou, nem o próprio senhor Lowery sabia com antecedência que alguém ia levar para ele quarenta mil dólares em dinheiro na tarde de sexta-feira. Certamente Mary também não sabia. Como poderíamos ter planejado isso juntos?"

"Ora, ela poderia ter ligado de algum telefone público, *depois* que se apossou do dinheiro, na sexta-feira à noite, e pedido que lhe escrevesse."

"Verifique isso com a companhia telefônica daqui", respondeu Sam, com um ar cansado. "Vai ver que há um mês não recebo chamadas interurbanas."

Arbogast abanou a cabeça. "Quer dizer que ela não telefonou. Veio diretamente, contou-lhe o que tinha acontecido e combinou encontrá-lo mais tarde, quando a coisa esfriasse."

Lila mordeu os lábios. "Minha irmã não é uma criminosa. O senhor não tem o direito de falar dela assim. Não há provas de que ela pegou o dinheiro. Quem sabe o próprio Mr. Lowery pegou. Quem sabe inventou toda essa história para despistar..."

"Desculpe", disse Arbogast. "Compreendo os seus sentimentos, mas não pode fazer dele o seu bode expiatório. A menos que o ladrão seja encontrado, julgado e condenado, a nossa companhia não paga a apólice de seguro – e Lowery perderia os quarenta mil. Ele não teria nada a ganhar com o esquema. Além disso, você está menosprezando os fatos. Mary Crane desapareceu. Está desaparecida desde a tarde em que recebeu o dinheiro. Não o levou ao banco. Não o escondeu no apartamento. Mas o dinheiro sumiu. E o carro dela sumiu. E ela também sumiu." Mais um cigarro se acabou e foi enterrado no cinzeiro. "Tudo faz sentido."

Lila começou a soluçar baixinho. "Não, não faz! O senhor deveria ter me ouvido quando eu quis chamar a polícia. Deixei que o senhor e o Lowery me convencessem. O senhor disse que queria manter a história em sigilo e que, se esperássemos, talvez Mary resolvesse devolver o dinheiro. O senhor não quis acreditar no que eu disse, mas agora eu sei que tinha razão. Mary não roubou o dinheiro. Alguém a raptou. Alguém que estava a par da história..."

Arbogast encolheu os ombros, levantou-se lentamente e foi até a moça. Dando pancadinhas no seu ombro, disse: "Escute aqui, senhorita Crane: já falamos sobre tudo isso antes; lembra-se? Ninguém mais sabia sobre o dinheiro. Sua irmã não foi raptada. Foi para casa, fez as malas, saiu no seu próprio carro e estava sozinha. Sua senhoria viu ela sair! Então? Seja razoável."

"*Estou* sendo razoável! O senhor é que faz confusão! Veio atrás de mim até aqui para ver o senhor Loomis..."

O investigador sacudiu a cabeça. "O que a faz pensar que a segui?", perguntou, tranquilo.

"Se não, como teria vindo parar aqui? O senhor não sabia que Mary e Sam Loomis eram noivos. Além de mim, ninguém mais sabia. O senhor nem mesmo sabia da existência de Sam Loomis."

Arbogast tornou a abanar a cabeça. "Sabia, sim. Lembra que, lá no apartamento, dei uma busca na escrivaninha de sua irmã? Encontrei esse envelope." Ele o mostrou, com um floreio.

"Ora, tem o meu endereço", murmurou Sam, levantando-se para apanhá-lo.

Arbogast recolheu a mão. "Não vai precisar disso", ele disse. "Não tem carta dentro, é só o envelope. Mas pode me ser útil, por ser a letra dela."Fez uma pausa. "Na verdade, eu o *tenho* usado, desde a manhã de quarta-feira, quando saí para cá."

"O senhor veio para cá na *quarta-feira*?", indagou Lila, secando os olhos com um lenço.

"Isso mesmo. Não vim no seu encalço. Estava muito à sua frente. O endereço do envelope me deu a pista. Isso, mais o retrato de Loomis na moldura, junto à cama de sua irmã. *'Com todo o meu amor, Sam.'* Foi fácil estabelecer a ligação. Então decidi me colocar no lugar de sua irmã. Acabei de pôr as mãos em quarenta mil dólares em dinheiro. Tenho de sair da cidade, e depressa. Para onde ir? Canadá, México, Índias Ocidentais? Muito arriscado. Além disso, não tive tempo de fazer planos a longo prazo. O meu impulso natural seria vir diretamente procurar o meu namorado, aqui."

Sam deu um murro tão forte na mesa da cozinha que os tocos de cigarro saltaram para fora do cinzeiro. "Já chega!", ele disse. "O senhor não tem o direito de fazer essas acusações. Até aqui ainda não apresentou sequer uma prova do que acaba de dizer."

Arbogast apalpou o bolso, à procura de mais um cigarro. "Quer uma prova, não é? O que acha que andei fazendo na estrada desde quarta-feira de manhã? Foi quando achei o carro."

"Achou o carro de minha irmã?" Lila estava de pé.

"Claro. Eu tinha um palpite de que uma das primeiras coisas que ela faria seria se livrar dele. Procurei todos os revendedores e locadoras de carros de segunda mão, dando a descrição do dela e o número da placa. Valeu a pena. Achei o lugar. Mostrei minhas credenciais para o cara e ele deu o serviço. E rápido – imagino que pensou que o carro era roubado. Não o desmenti."

"Descobri que Mary Crane fez o negócio às pressas, na noite de sexta-feira, quase na hora da loja fechar. Levou um tremendo prejuízo na troca. Peguei todas as informações e uma descrição completa da lata velha em que ela saiu. Rumo ao norte."

"Então eu também dirigi para o norte. Mas não podia andar muito depressa. Achava que ela se manteria na rodovia porque estava vindo para cá. Talvez fosse direto na primeira noite. Durante oito horas, também guiei direto. Depois fiquei um tempo enorme rodando em torno da cidade de Oklahoma, checando os motéis da estrada e as revendedoras de carros usados. Imaginei que ela poderia trocar de carro de novo, só para garantir. Nada feito. Quinta-feira cheguei até Tulsa. Mesmos procedimentos, mesmos resultados. Só hoje de manhã achei a agulha no palheiro. Outra revendedora de carros, outro vendedor, ali perto, ao norte. Ela fez a segunda troca na manhã do último sábado: tomou outro prejuízo e acabou num Plymouth azul de 1953, com o para-choque da frente amassado.

Arbogast tirou do bolso um livro de notas. "Está tudo aqui, preto no branco", ele disse. "O documento, o número do motor – tudo. Os dois revendedores vão fazer cópias de tudo e mandar para o meu escritório. Mas agora isso já não importa. O que importa é saber que Mary Crane se dirigia para o norte ao sair de Tulsa no sábado de manhã, seguindo pela estrada principal, depois de trocar de carro duas vezes nas últimas dezesseis horas. Na minha opinião, ela estava vindo para cá. E a menos que algo inesperado tivesse acontecido – um enguiço do carro, um acidente – ela deveria ter chegado aqui no sábado à noite."

"Mas não chegou", afirmou Sam. "Eu não a vi. Olhe: posso provar isso, se quiser. Na noite do último sábado eu estava no Salão da Legião jogando baralho. Há muitas testemunhas. No domingo de manhã fui à igreja. Ao meio-dia fui almoçar no..."

Arbogast levantou uma mão cansada. "Ok, já entendi. Você não a viu. Logo, deve ter acontecido alguma coisa. Vou ter de voltar e procurar."

"E a polícia?", perguntou Lila. "Eu ainda acho que deveria ir à polícia." Ela umedeceu os lábios. "Suponha que *tenha* havido um acidente – o senhor não pode parar em todos os hospitais daqui até Tulsa. Ela pode estar inconsciente em algum lugar agora. Pode até..."

Desta vez foi Sam quem lhe bateu no ombro. "Bobagem", ele disse. "Se algo assim tivesse acontecido, você já teria sido avisada. Mary está bem." E olhou, sério, para o investigador. "Lila está certa. O senhor não pode fazer tudo sozinho. Por que não dar parte à polícia? Dar parte do desaparecimento de Mary e ver se eles podem localizá-la..."

Arbogast apanhou o Stetson cor de cinza. "Até agora tentamos o caminho mais difícil, é verdade. Se pudermos localizá-la sem apelar para as autoridades, pouparíamos ao nosso cliente e à companhia muita publicidade negativa. Além disso, poderíamos também poupar muito aborrecimento a Mary Crane se nós mesmos a pegássemos e recuperássemos o dinheiro. Quem sabe até evitaríamos o processo. Devem concordar que vale a pena o esforço."

"Mas se o senhor tem razão, e se Mary chegou até aqui, então por que ela não veio me ver? É isso o que eu quero saber, tanto quanto o senhor", disse Sam. "Eu não vou esperar muito para descobrir."

"Esperaria mais vinte e quatro horas?", propôs Arbogast.
"Em que está pensando?"

"Em investigar mais, como disse." Arbogast levantou a mão, para impedir qualquer objeção de Sam. "Nada de refazer todo o caminho até Tulsa; admito que isso é impossível. Mas eu gostaria de pesquisar um pouco este território; visitar os restaurantes da estrada, os postos de gasolina, as revendedoras de carros, os motéis... Talvez alguém a tenha visto. Pois ainda acho que o meu palpite estava certo. A intenção dela era vir para cá. Talvez tenha mudado de ideia depois que chegou, e seguiu em frente. Mas eu gostaria de averiguar."

"E se não descobrir alguma coisa nas próximas vinte e quatro horas...?"

"Vou desistir: vamos à polícia e seguimos a rotina para pessoas desaparecidas. Ok?"

Sam olhou para Lila. "Que acha?", perguntou.

"Não sei. Estou tão preocupada que *não consigo* pensar." Suspirou. "Sam, você decide."

Sam acenou para Arbogast. "Muito bem. Fica combinado. Mas desde já fique certo: se nada acontecer até amanhã, e se o senhor não notificar a polícia, eu o farei."

Arbogast vestiu o paletó. "Acho que vou pegar um quarto no hotel. E a senhorita?"

Lila olhou para Sam. "Irei com ela daqui a pouco", respondeu Sam. "Pensei em comermos alguma coisa primeiro. Mas eu a levarei. E amanhã estaremos os dois aqui. Esperando."

Pela primeira vez naquela noite Arbogast sorriu. Não era um sorriso que pudesse concorrer com o da Mona Lisa, mas em todo caso era um sorriso.

"Acredito em vocês", declarou ele. "Desculpem se fui duro, mas eu tinha de checar." Ele balançou a cabeça afirmativamente para Lila. "Vamos encontrar sua irmã para a senhorita. Não se preocupe."

Então ele saiu. Muito antes que a porta da frente se fechasse por trás dele, Lila estava soluçando, encostada ao ombro de Sam. Sua voz era um gemido abafado. "Sam, tenho medo... Alguma coisa aconteceu a Mary, eu sei que aconteceu!"

"Está tudo bem", disse ele, perguntando-se por que não havia palavras melhores, por que nunca havia palavras melhores para responder ao medo, à dor e à solidão. "Está tudo bem, acredite."

Ela recuou de súbito, afastou-se dele, abrindo bem os olhos cheios de lágrimas. Quando pôde falar, a voz saiu baixa, mas firme.

"Por que eu deveria acreditar em você, Sam?", perguntou suavemente. "Há algum motivo? Alguma razão que você não disse ao investigador? Sam... Mary esteve aqui? Você sabia dessa história, sobre o dinheiro?"

Ele sacudiu negativamente a cabeça. "Não, eu não sabia. Tem de acreditar na minha palavra, Lila. Assim como eu tenho que acreditar na sua."

Ela virou as costas e encarou a parede. "Acho que você tem razão", disse. "Mary *poderia* ter procurado qualquer um de nós dois no decorrer da semana. Mas não o fez. Confio em você, Sam. Mas é tão difícil a gente acreditar em alguma coisa quando a nossa própria irmã se revela uma... uma..."

"Calma", atalhou Sam. "O que você precisa agora é de alguma comida e muito descanso. A situação não vai parecer tão má amanhã..."

"Pensa *mesmo* assim, Sam?"

"Penso, sim."

Era a primeira vez que ele mentia para uma mulher.

capítulo oito

(8)

O amanhã se tornara hoje...

OITO

O amanhã se tornara hoje, sábado, e para Sam era tempo de esperar.

Ele ligou para Lila da loja por volta das dez, e ela já estava de pé e tinha tomado café. Arbogast não estava: deveria ter saído cedo. Mas deixara um bilhete para Lila dizendo que ligaria em algum momento durante o dia.

"Por que não vem me fazer companhia?", sugeriu Sam, ao telefone. "Não vale a pena ficar sentada no quarto. Podemos almoçar juntos e ligar de volta para o hotel para ver se Arbogast nos procurou. Melhor ainda: pedirei à telefonista que transfira qualquer telefonema para você aqui para a loja."

Lila concordou e Sam ficou mais aliviado. Não queria que ela ficasse sozinha naquele dia. Poderia ficar deprimida, pensando em Mary. Deus era testemunha, ele mesmo não pensara em outra coisa a noite toda.

Ele tinha se esforçado para repelir a ideia, mas tinha de reconhecer que a teoria de Arbogast fazia sentido. Mary devia ter planejado vir até ele depois de pegar o dinheiro. Isto é, se realmente tinha pegado.

Essa era a pior parte: aceitar Mary como ladra. Mary não era esse tipo de pessoa; tudo o que sabia sobre ela contradizia essa possibilidade.

Mas, afinal, até que ponto realmente conhecia Mary Crane? Ainda na véspera refletira sobre como sabia pouco sobre a sua noiva. Ora, ele a conhecia tão mal que a tinha confundido com outra garota, sob luz fraca.

Engraçado, pensava Sam, como acreditamos saber tudo sobre uma pessoa só porque a vemos frequentemente ou porque temos uma forte ligação emocional com ela. Ali mesmo em Fairvale havia exemplos do que queria dizer. Como o velho Tomkins, superintendente escolar por muitos anos, membro importante do Rotary Club, que abandonou a esposa e a família por uma garota de dezesseis anos. Quem poderia suspeitar que ele faria uma coisa dessas? Assim como não tinham suspeitado que Mike Fisher, o maior devasso e jogador da região, morreria deixando tudo o que possuía para o Orfanato Presbiteriano. Bob Summerfield, seu empregado na loja, trabalhara ali por mais de um ano, antes que Sam soubesse que fora expulso do serviço militar por ter tentado arrebentar o crânio do capelão com a coronha da pistola... Bob estava bem, agora; não acharia alguém mais agradável e tranquilo nem em cem anos. Mas ele também fora agradável e tranquilo no Exército, até que alguma coisa o perturbou. Respeitáveis senhoras de idade de repente eliminavam os maridos após vinte anos de casamento feliz; humildes empregadinhos de banco de repente desviavam fundos... Não há como prever o que pode acontecer.

Talvez Mary tivesse mesmo furtado aquele dinheiro. Talvez estivesse cansada de esperar que ele acabasse de pagar as dívidas, e a tentação tivesse sido demais para ela. Quem sabe ela pensara em trazer o dinheiro, inventar uma história, fazer com que ele o aceitasse... Talvez tivesse planejado que fugissem juntos. Honestamente, tinha de admitir que essa era uma possibilidade, e até a hipótese mais provável.

Mas se era esse o caso, então ele tinha ainda de encarar a próxima questão. Por que ela não tinha chegado? Para onde mais poderia ter ido depois de sair da periferia de Tulsa?

Quando você começa a especular desse jeito, uma vez que reconhece que ninguém sabe como funciona a mente de outra pessoa, você tem de admitir: tudo era possível. Uma escapada maluca até Las Vegas; o impulso de sumir e começar uma vida nova com outro nome; um ataque de culpa traumático, resultando em amnésia...

Mas ele já estava começando a fazer um caso judicial, pensava Sam, com os seus botões; ou um caso clínico. Se fosse especular dessa forma, teria de admitir mil e uma alternativas. Mary poderia ter sofrido um acidente, como Lila receava; ou dado carona a alguém que...

De novo, Sam repeliu o pensamento. Não podia continuar. Já era ruim guardar tudo isso para si, sem o acréscimo de ainda precisar esconder de Lila. Ele precisava animar a moça. Havia sempre uma pequena chance de que Arbogast encontrasse uma pista. Se não, ele, Sam, recorreria às autoridades. E só então se permitiria pensar o pior que poderia ter acontecido.

Pensar sobre não conhecer outras pessoas – ora, pensando bem, a gente não conhece nem a si mesmo. Nunca pensara que pudesse alimentar tantas dúvidas e desconfiança sobre Mary. Entretanto, com que facilidade adotara essa atitude! Era injusto com ela. O mínimo que poderia fazer, para compensar, era esconder da irmã suas suspeitas.

A menos, é claro, que ela também pensasse a mesma coisa...

Mas Lila parecia mais animada naquela manhã. Vestia um costume leve e entrou na loja com passos enérgicos. Sam a apresentou a Bob Summerfield, depois a levou para almoçar. Inevitavelmente ela começou a especular sobre o que Mary e Arbogast estariam fazendo. Sam deu respostas curtas, tentando manter um tom despreocupado nas respostas e na voz. Após a refeição, ele foi ao hotel e pediu a transferência de qualquer chamada para Lila durante a tarde.

Depois ambos regressaram para a loja de ferragens. O dia estava calmo para um sábado, e boa parte do tempo Sam pôde ficar conversando com a moça no quarto dos fundos. Summerfield atendia aos fregueses, e só ocasionalmente Sam tinha de pedir licença para cuidar pessoalmente de certos assuntos.

Lila parecia tranquila e à vontade. Ligou o rádio e escolheu um programa sinfônico, que escutou aparentemente absorvida. Sam a encontrou assim ao voltar de uma das idas ao armazém.

"É o *Concerto para Orquestra*, de Bartók, não é?", perguntou.

Ela ergueu o olhar, sorridente. "É sim. Engraçado, como você conhece música!"

"O que há de tão estranho nisso? Essa é a era do *hi-fi*. Só porque a pessoa mora em uma cidade pequena não significa que não possa se interessar por música, livros, arte em geral. E tempo não me falta."

Lila ajeitou a gola da blusa. "Acho que eu me expressei mal. Talvez o engraçado não seja o seu interesse por essas coisas, mas o fato de você também trabalhar nesse tipo de loja. Parece que as duas coisas não combinam."

"Qual é o problema com o negócio de ferragens?"

"Não quis dizer isso, mas a coisa me parece... tão trivial!"

Sam sentou-se junto à mesa. De repente abaixou-se e apanhou um objeto do chão. Era uma coisa miúda, pontuda, reluzente.

"Trivial", repetiu. "Talvez. Mas tudo está no ângulo pelo qual se olha. Por exemplo: o que é isso que tenho na mão?"

"Um prego, não é?"

"Exatamente: um prego. Eu os vendo por quilo. Centenas de quilos por ano. Meu pai vendia também. Aposto que vendemos umas dez toneladas de pregos nesta loja, desde o dia em que abrimos as portas. De todos os comprimentos, de todos os tamanhos – simples pregos comuns. Mas não há nada de trivial em cada um deles. Não quando você para pra pensar nisso."

"Cada prego tem uma função. Uma função importante, duradoura. Sabe de uma coisa? Talvez a metade das casas de madeira de Fairvale tenha sido construída com pregos vendidos aqui. Pode ser tolice minha, mas, às vezes, quando ando pela cidade, tenho a sensação de que ajudei a construí-la. As ferramentas que vendi deram forma e acabamento às tábuas. Eu forneci as tintas com que se pintaram as paredes, os pincéis que as aplicaram, as portas e as telas de proteção, o vidro das vidraças..." Ele parou, com um sorriso constrangido. "Ouça só o Mestre da Construção! Mas... sem brincadeira, é isso mesmo. Tudo nesse negócio faz sentido, porque serve a um propósito verdadeiro, atende a uma necessidade da vida. Até um simples prego, como este, cumpre uma função. Prenda-o no lugar certo, e pode confiar que ele fará seu trabalho e continuará a fazê-lo pelos próximos cem anos. Muito depois de estarmos mortos e enterrados."

Ele se arrependeu das palavras imediatamente. Mas era tarde. Viu o sorriso desaparecer dos lábios dela.

"Sam, estou preocupada. São quase quatro horas e Arbogast não telefonou..."

"Ele vai ligar. Tenha paciência; dê um tempo para ele."

"Não aguento mais! Você disse que seriam vinte e quatro horas, e depois iria à polícia se tivesse de ir."

"Falei a sério. Mas as vinte e quatro horas só terminam às oito da noite. E ainda acho que talvez não seja preciso dar parte. Talvez Arbogast tenha razão."

"Talvez! Sam, quero *saber*!" Tornou a alisar a blusa, mas sua testa continuou franzida. "Não pense que me enganou com essa história de pregos. Está tão nervoso como eu, não está?"

"Sim. Creio que sim." E Sam se pôs em pé, balançando os braços. "Não sei por que Arbogast não ligou até agora. Não há tantos lugares por aqui para checar, nem que ele tivesse parado em cada lanchonete de estrada e em cada motel! Se até a hora do jantar ele não aparecer, eu mesmo vou procurar Jud Chambers!"

"Quem?"

"Jud Chambers. É o xerife local. Fairvale é a sede do município."

"Sam, eu..."

O telefone tocou na loja. Sam desapareceu sem esperar que ela terminasse a sentença. Bob Summerfield já estava atendendo.

"É para você", disse ele.

Sam pegou o telefone, olhando para trás para ver se Lila o acompanhara.

"Alô... Aqui é Sam Loomis."

"Aqui é Arbogast. Pensei que estariam preocupados."

"Estamos. Lila e eu estávamos esperando que o senhor ligasse. O que descobriu?"

Houve uma breve pausa, quase imperceptível. E em seguida: "Nada, por enquanto."

"Por enquanto? Onde esteve todo o dia?"

"Onde é que não estive? Cobri essa área toda, de uma a outra ponta. Agora estou em Parnassus."

"Fica nos confins do município, não é? E a estrada?"

"Vim por ela. Dizem que posso voltar por outro caminho – por uma variante."

"Sim, tem razão. Tem a antiga rodovia – agora é uma estrada municipal. Mas não há nada ao longo da via. Nem um posto de gasolina."

"Um sujeito aqui no restaurante diz que há um motel no caminho de volta."

"Oh... pensando bem, acho que tem mesmo. O velho Bates. Não sabia que ainda funcionava. Não é provável você encontrar alguma coisa por lá."

"Bem, é o último da lista. Estou voltando de qualquer jeito, então vou parar lá. Como está se segurando?"

"Tudo bem."

"E a garota?"

Sam baixou a voz. "Ela quer que eu notifique imediatamente as autoridades. Acho que tem razão. Depois do que o senhor me disse, acho que ela tem razão."

"Pode esperar até eu chegar?"

"Quanto tempo vai levar?"

"Talvez uma hora. A menos que eu tope com alguma coisa nesse motel." Arbogast fez uma pausa. "Olhe aqui, fizemos um trato. Estou disposto a manter a minha parte. Só peço que espere pelo meu regresso. Deixe que eu vá junto à polícia. Será muito mais fácil que cooperem dessa maneira, eu indo junto. Você sabe como é a lei de uma cidade pequena. É só pedir que façam um chamado interurbano e eles apertam o botão do pânico."

"Vamos lhe dar uma hora", disse Sam. "Estaremos à sua espera na loja."

Ele pôs o fone no gancho e se afastou.

"O que ele disse?", perguntou Lila. "Descobriu alguma coisa?"

"Até agora não, mas ainda não terminou. Tem mais um lugar aonde ele quer ir."

"Só mais um?"

"Não fale assim. Talvez lá ele descubra alguma coisa. Se não, estará de volta dentro de uma hora. Então iremos ao xerife. Você ouviu o que eu disse a ele."

"Está bem. Vamos esperar. Uma hora, como você disse."

Não foi uma hora agradável. Sam sentiu-se quase grato quando chegou a costumeira multidão dos fins de tarde de sábado e ele teve uma desculpa para ir para a frente e ajudar Bob. Não conseguia mais fingir alegria nem puxar conversa. Nem com Lila, nem com ele mesmo.

Pois agora ele estava começando a sentir.

Algo tinha acontecido.

Algo tinha acontecido com Mary.

Algo...

"Sam!"

Ele estava na caixa registradora, depois de completar uma venda; virou-se e viu Lila. Ela saíra do quarto dos fundos e apontava para o seu relógio de pulso.

"Sam, a hora terminou!"

"Eu sei. Vamos dar a ele mais alguns minutos, sim? Primeiro preciso fechar a loja, de qualquer maneira."

"Está bem. Mas só alguns minutos. *Por favor*! Se soubesse como me sinto..."

"Acredite que sei." E apertou o braço da moça, forçando um sorriso. "Não se preocupe: ele estará aqui a qualquer momento."

Mas ele não chegou.

Sam e Summerfield despacharam o último retardatário às cinco e meia. Sam conferiu o caixa e Summerfield cobriu o balcão para a noite.

Arbogast ainda não tinha aparecido.

Summerfield apagou as luzes, preparou-se para sair. Sam aprontou-se para fechar a porta.

Nada de Arbogast.

"Agora vamos", disse Lila. "Se você não for, eu v..."

"Ouça!", disse Sam. "É o telefone."

E, segundos depois, "Alô?"

"Aqui é Arbogast."

"Onde está? Prometeu que..."

"Esqueça isso." A voz do investigador era baixa, as palavras se precipitavam. "Estou aqui no motel, e só tenho um minuto. Queria dizer por que não apareci. Escute: encontrei uma pista. Sua garota esteve aqui. Na noite do último sábado."

"Mary? Tem certeza?"

"Tenho certeza. Examinei o livro de registro e pude comparar a assinatura. Naturalmente, ela usou outro nome, Jane Wilson – e deu um endereço falso. Tenho de arranjar uma licença do tribunal para tirar uma cópia do livro de registro, se precisarmos de uma prova."

"O que mais descobriu?"

"A descrição do carro combina, e também a descrição da garota. O proprietário me contou."

"E como conseguiu as informações?"

"Mostrei meu distintivo e contei a história do carro roubado. Ficou todo nervoso. É um sujeito esquisito. Chama-se Norman Bates. Conhece?"

"Não, creio que não."

"Disse que a garota chegou no sábado, mais ou menos às seis da tarde. Pagou adiantado. Chovia e era a única hóspede. Diz que ela se levantou bem cedo no dia seguinte, antes que ele descesse para abrir o estabelecimento. Ele mora com a mãe, numa casa detrás do motel."

"Acha que ele falou a verdade?"

"Ainda não sei."

"Como assim?"

"Bem, eu o apertei um pouco, sobre o carro e o resto. E ele deixou escapar que tinha convidado a garota para jantar com ele em casa. Disse que isso foi tudo, sua mãe podia confirmar."

"Falou com ela?"

"Não, mas vou falar. Ela está em casa, no quarto dela. Ele quis me fazer acreditar que ela é muito doente e não pode ver ninguém, mas eu a vi sentada à janela do quarto me olhando quando entrei. Então eu disse que iria ter uma conversinha com a sua velha – quisesse ele ou não."

"Mas o senhor não tem mandado..."

"Olhe aqui, você quer saber o que aconteceu com a garota, não é? E o sujeito do motel não sabe nada sobre mandados de busca. O fato é que ele correu para casa para dizer à mãe que se aprontasse. E eu decidi ligar para você enquanto ele estava lá. Fique firme aí até eu acabar por aqui. Epa, ele está voltando. Até logo."

A chamada acabou com um estalido. Sam desligou e contou a conversa à Lila.

"Sente-se melhor agora?"

"Sim. Mas queria saber..."

"Saberemos em pouco tempo. Agora só precisamos esperar."

capítulo nove
⑨

Tarde de sábado…

NOVE

Tarde de sábado, Norman fez a barba. Ele só fazia uma vez por semana, sempre aos sábados.

Norman não gostava de se barbear por causa do espelho. Havia linhas curvas nele. Todos os espelhos pareciam ter ondas que ferem sua vista.

Talvez o problema fossem os seus olhos. Sim, era isso, pois ele lembrava como gostava de se olhar no espelho quando menino. Gostava de ficar em frente do espelho, sem roupas. Certa vez a Mãe o surpreendeu e deu-lhe uma pancada na cabeça com a grande escova de cabelo, de cabo de prata. Ela bateu com força, e doeu. A Mãe lhe disse que aquilo era muito feio, olhar-se daquela maneira.

Ainda se lembrava de como tinha doído e de como a cabeça ficou latejando. Daí em diante sentia dor de cabeça quase todas as vezes em que se olhava em um espelho. Finalmente a Mãe o levou a um oftalmologista e o doutor disse que ele precisava de óculos. Os óculos ajudaram, mas ele continuava a ter dificuldade em ver com clareza quando mirava um espelho. Depois de algum tempo, ele simplesmente não o fazia, a não ser quando não podia evitar. E a Mãe tinha razão. *Era* indecente ficar se olhando, nu e desprotegido; espiar a banha, os braços curtos e sem pelos, a barriga grande e, logo abaixo...

Quando se olhava ao espelho, queria ser outra pessoa. Alguém alto, esbelto e bonito como o tio Joe Considine. "Ele não é o homem mais bonito que você já viu?", costumava observar a Mãe.

Sim, era verdade, Norman tinha de reconhecer. Mas ele ainda odiava o tio Joe Considine, mesmo que *fosse* bonito. Gostaria que a Mãe não insistisse em o chamar de "tio Joe". Pois ele não era nenhum parente: era apenas um amigo que costumava visitar a Mãe. Ele é que tinha feito com que ela construísse o motel, depois que ela vendeu o terreno da fazenda.

Era estranho. A Mãe sempre falava mal dos homens, e sobre seu-pai-que-fugiu-e-me-abandonou, mas o tio Joe Considine a tinha na palma da mão. Fazia dela o que queria. Seria tão bom ser assim, e parecer com o tio Joe Considine.

Não, não seria! Pois o tio Joe estava morto.

Norman piscou os olhos diante do espelho enquanto se barbeava. Engraçado como aquilo tinha fugido da sua mente. Ora, devia fazer quase vinte anos. Claro, o tempo é relativo. Einstein disse isso, e ele não fora o primeiro a descobrir – os antigos também sabiam, assim como alguns místicos modernos, como Aleister Crowley e Ouspensky. Tinha lido todos, tinha até alguns livros deles. A Mãe não aprovava; dizia que essas coisas eram contrárias à religião. Mas esse não era o verdadeiro motivo. Era porque, quando ele lia esses livros, não era mais o filhinho dela. Era um adulto, um homem que estudava os segredos do tempo e do espaço, e sabia os segredos da dimensão e da existência.

Era como se fosse duas pessoas, na verdade – a criança e o adulto. Quando pensava na Mãe, ele voltava a ser criança, usava vocabulário de criança, referências e reações infantis. Mas quando estava sozinho, não; em verdade, não sozinho, mas afundado em um livro, era um indivíduo maduro. Maduro o suficiente para compreender que talvez fosse vítima de uma forma leve de esquizofrenia, ou provavelmente uma neurose na fronteira dela.

Com certeza a situação não era das mais saudáveis. Ser o filhinho da Mãe tinha seus inconvenientes. Por outro lado, enquanto percebesse os perigos, ele poderia lidar com eles e com a Mãe. Sorte dela ele saber quando ser homem; que ele soubesse *sim* alguma coisa de psicologia e de parapsicologia.

Isso tinha sido uma sorte quando morreu o tio Joe Considine, e também na semana passada, quando apareceu aquela garota. Se ele não tivesse agido como adulto, a Mãe estaria agora numa enrascada.

Passou o dedo pelo fio da navalha. Estava afiada, muito afiada. Tinha de ter cuidado para não se cortar. Sim, e teria de escondê-la quando terminasse, trancá-la num lugar em que a Mãe não a pudesse pegar. Não podia deixar algo afiado assim ao alcance da Mãe. Por isso ele fazia a maior parte da comida e lavava a louça. A Mãe ainda gostava de limpar a casa – o quarto dela estava sempre um brinco – mas era ele quem se encarregava da cozinha. Não que tivesse dito isso diretamente a ela; simplesmente tomou conta.

Ela nunca o questionou, e ele ficava satisfeito com isso. Fazia uma semana que a moça viera, e nenhum dos dois aludira ao assunto. Teria sido estranho e embaraçoso para ambos. A Mãe devia ter percebido, pois parecia evitá-lo deliberadamente. Passava a maior parte do tempo em repouso no quarto e não tinha nada a dizer. Provavelmente a consciência a atormentava.

E devia mesmo. Terrível, um assassinato. Mesmo que não se esteja bom de juízo, dá para entender isso. A Mãe deveria estar sofrendo um bocado.

Talvez uma catarse a ajudasse, mas Norman achou bom ela não ter dito nada. Ele também sofria. E não era a consciência que o atormentava – era o medo.

Toda aquela semana esperou que alguma coisa desse errado. Cada vez que parava um carro na entrada do motel, ele se sobressaltava. Até mesmo os carros que passavam pela velha rodovia o deixavam nervoso.

No domingo passado, claro, ele tinha terminado a limpeza da margem do pântano. Fora para lá em seu carro e enchera o reboque de lenha. Quando terminou, já não havia nada que pudesse parecer suspeito. O brinco da garota também tinha ido para a lama. O outro não aparecera. Ele se sentia razoavelmente seguro.

Mas na quinta-feira à noite, quando a Polícia Rodoviária Estadual parou na entrada, ele quase desmaiou. O policial só queria usar o telefone. Mais tarde, Norman riu de si mesmo, mas na hora não tinha sido engraçado.

A Mãe estava sentada à janela do quarto e foi bom que o policial não a tivesse visto. A Mãe tinha ficado muito tempo à janela durante a semana passada. Talvez também estivesse preocupada com visitantes. Norman quis lhe dizer que não ficasse tão à vista das pessoas, mas não podia se forçar a explicar a razão. Da mesma forma que não podia discutir com ela o motivo pelo qual não lhe permitia descer ao motel para ajudar. Ele só conseguia que ela não fosse. O lugar dela era lá na casa – não podia confiar na Mãe diante de estranhos, não mais. Quanto menos soubessem sobre ela, melhor. Ele nunca deveria ter contado àquela garota...

Acabou de se barbear e tornou a lavar as mãos. Tinha

notado essa compulsão nele mesmo, principalmente desde a semana passada. Sentimento de culpa. Como Lady Macbeth. Shakespeare sabia muito sobre psicologia. Norman se perguntava se ele sabia ainda outras coisas. Havia o fantasma do pai de Hamlet, por exemplo.

Não tinha tempo de pensar nisso agora. Precisava descer ao motel para abrir.

Tiveram algum movimento durante a semana, mas não muito. Norman nunca tinha mais do que três ou quatro quartos ocupados por noite, o que era bom. Assim ele não teria de alugar o número Seis. O número Seis havia sido o da garota.

Ele esperava nunca mais alugá-lo. Estava farto daquele tipo de coisa – as espiadas, o voyeurismo. Isso é que tinha causado todo o problema. Se não tivesse espiado, não tivesse bebido...

Agora não adiantava chorar sobre o leite derramado. Ainda que não tivesse sido *leite*.

Norman enxugou as mãos e se afastou do espelho. Esqueça o passado, deixe que os mortos enterrem os mortos. As coisas estavam indo bem, e era só isso que ele tinha de lembrar. A Mãe estava se comportando bem, ele estava se comportando bem, estavam juntos como sempre haviam estado. Uma semana inteira tinha se passado sem nenhum problema, e de agora em diante *seria* assim. Principalmente se ele mantivesse a sua resolução de agir como adulto e não como criança, um filhinho da mamãe. E ele já tinha decidido a esse respeito.

Acertou a gravata e saiu do banheiro. A Mãe estava no quarto, olhando para fora da janela. Ele pensou se deveria dizer algo a ela. Não, melhor não. Poderia haver uma discussão, e ele ainda não estava pronto para enfrentá-la. Deixe ela olhar, se ela gosta. Pobre velha doente, acorrentada àquela casa. Deixe ela olhar o mundo passar.

Aquela era a criança falando, é claro. Mas estava disposto a fazer essa concessão, mesmo como adulto ajuizado. Contanto que ele deixasse trancadas as portas do andar térreo, cada vez que se ausentasse.

Manter as portas trancadas a chave tinha lhe dado uma nova sensação de segurança durante a última semana. Ele tinha também ficado com as chaves que estavam com ela – as da casa e as do motel. Quando ele saía, ela não tinha como escapar. Ela ficava segura em casa e ele ficava seguro no motel. O que acontecera semana passada não poderia se repetir enquanto ele tomasse esses cuidados. Afinal de contas, era para o próprio bem dela. Melhor em casa do que no hospício.

Desceu pelo caminho e dobrou a esquina rumo ao escritório bem na hora em que o caminhão da lavanderia encostava para a coleta semanal. Tinha tudo pronto para o motorista. Recebeu a roupa lavada e lhe deu as sujas. O serviço de toalhas também se encarregava dos lençóis e das fronhas. Isso simplificava as coisas. Dirigir um motel não era problema hoje em dia.

Quando o caminhão partiu, Norman entrou e limpou o número Quatro, desocupado por uns vendedores do Illinois que haviam partido cedo. Tinham deixado a bagunça de sempre. Tocos de cigarro na beira da pia e uma revista no chão, perto do assento sanitário. Uma dessas de ficção científica. Riu ao apanhá-la. Ficção científica! Se eles ao menos *soubessem*!

Mas não sabiam. Nunca saberiam e nunca deveriam saber. Enquanto fosse cuidadoso com a Mãe, não correria risco. Tinha de protegê-la, tinha de proteger as outras pessoas. O que acontecera semana passada o comprovava. De agora em diante, seria supercauteloso, sempre. Para o bem de todos.

Norman voltou para o escritório e guardou as toalhas. Já havia um jogo de roupas limpas em cada quarto. Estava pronto para o movimento do dia – se é que haveria algum.

Mas nada aconteceu até perto das quatro horas. Sentado, olhando a estrada lá fora, Norman ficou entediado e inquieto. Tinha vontade de tomar um drinque, mas lembrou o que prometera a si mesmo. Nada de bebida. Isso fazia parte da desgraça, quando a desgraça acontecia. Não podia beber. Nem uma gota. A bebida matara tio Joe Considine. A bebida levara, indiretamente, ao assassinato da garota. De agora em diante, seria abstêmio. Mas podia tomar um trago agora. Um só.

Norman ainda hesitava quando o carro estacionou. Placa do Alabama. Um casal de meia-idade desceu e entrou no escritório. O homem era calvo e tinha óculos grossos, de aros escuros. A mulher era gorda e transpirava. Norman lhes mostrou o número Um, no outro canto: dez dólares o casal. A mulher se queixou de que estava abafado, numa voz estridente e arrastada, mas pareceu satisfeita quando Norman ligou o ventilador. O homem trouxe as malas e assinou o livro de registro. *Sr. e Sra. Herman Pritzler, Birmingham, Ala.* Eram só turistas. Não trariam qualquer problema.

Norman se sentou de novo, folheando a revista de ficção científica que tinha encontrado. Havia pouca luz; deveria ser por volta das cinco horas agora. Acendeu a lâmpada.

Outro carro entrou, com um homem sozinho atrás do volante. Provavelmente mais um caixeiro-viajante. Buick verde, placa do Texas.

Placa do Texas! Aquela garota, Jane Wilson, tinha vindo do Texas!

Norman se levantou e foi para trás do balcão. Viu o homem sair do carro, ouviu o ranger dos passos no cascalho, acompanhou o ritmo com o palpitar abafado do seu próprio coração.

É só coincidência, disse a si mesmo. *Todos os dias vem gente do Texas. O Alabama fica ainda mais longe.*

O homem entrou. Era alto e magro, e usava um desses chapéus Stetson cinzentos, com abas largas que lhe sombreavam a parte superior do rosto. O queixo bronzeado aparecia sob a barba cerrada e crescida.

"Boa tarde", cumprimentou, sem arrastar demais as palavras.

"Boa tarde." Norman mexia os pés ansioso embaixo do balcão.

"O senhor é o dono daqui?"

"Isso mesmo. Gostaria de um quarto?"

"Não exatamente. Estou em busca de algumas informações."

"Terei prazer em ajudá-lo, se puder. O que deseja saber?"

"Estou tentando localizar uma garota."

As mãos de Norman se contraíram. Não podia senti-las, pois estavam dormentes. Ele todo estava dormente. Seu coração já não palpitava – parecia ter parado de bater. Tudo estava quieto. Seria terrível se ele gritasse.

"O sobrenome é Crane", continuou o homem. "Mary Crane. De Fort Worth, Texas. Queria saber se ela se registrou aqui."

Norman já não queria gritar. Queria rir. Sentiu o coração retomar suas funções normais. Era fácil responder.

"Não", disse ele. "Aqui não esteve ninguém com esse nome."

"Tem certeza?"

"Absoluta. O movimento tem sido fraco, ultimamente. E tenho boa memória para os fregueses."

"Essa garota teria estado aqui há uma semana. Na noite do último sábado, ou no domingo, digamos."

"Aqui não veio ninguém no fim da semana. O tempo estava péssimo."

"Tem certeza? Essa garota – mulher, melhor dizendo – tem mais ou menos vinte e sete anos. Um metro e sessenta e cinco, peso em torno de 54 quilos, cabelo escuro, olhos azuis. Guiava um sedã Plymouth, azul Tudor, modelo 1953, com o para-choques amassado no lado direito. O número da placa é..."

Norman já não escutava. Por que dissera que não havia estado ninguém lá? A descrição que o homem fazia era correta, o homem sabia tudo sobre ela. Bem, mas ele não podia provar que ela estivera ali, se Norman negasse. Agora ele teria de continuar negando.

"Não, acho que não posso lhe ajudar."

"Essa descrição não se parece com alguém que tenha estado aqui semana passada? É bem provável que tivesse se registrado com outro nome. Se o senhor me deixar ver o registro um minutinho..."

Norman pôs a mão em cima do livro e sacudiu a cabeça: "Desculpe, senhor", ele disse. "Não poderia deixar que fizesse isso."

"Quem sabe isto fará com que mude de ideia."

O homem enfiou a mão no bolso de dentro do paletó, e por um minuto Norman pensou que ele iria lhe oferecer dinheiro. A carteira surgiu, mas o homem não sacou nenhuma nota. Em vez disso ele a abriu e colocou no balcão, para que Norman pudesse ler o cartão.

"Milton Arbogast", disse o homem. "Investigador da Paridade Mútua."

"Você é detetive?"

Ele balançou a cabeça. "Sim, e estou aqui a serviço, senhor...."

"Norman Bates."

"Senhor Bates. A companhia quer que eu localize essa garota, e eu agradeceria muito a sua cooperação. Naturalmente, se não me deixar examinar o registro de hóspedes, terei de recorrer às autoridades locais. Creio que o senhor sabe disso."

Norman não sabia, mas tinha certeza de uma coisa. Nenhuma autoridade local deveria aparecer por ali. Hesitou, a mão ainda espalmada em cima do livro. "Que história é essa?", perguntou. "O que essa garota fez?"

"Carro furtado", disse o senhor Arbogast.

"Ah." Norman estava um pouco aliviado. Por um momento receara que fosse algo mais sério, que a garota tivesse desaparecido ou que a procurassem por algo mais grave. Nesse caso haveria uma investigação de verdade. Mas um carro roubado, principalmente uma lata velha como aquela...

"Está bem. Às suas ordens", disse ele. "Eu só queria saber se tinha uma boa razão." Ele afastou a mão.

"É boa, com certeza." Mas Arbogast não puxou o registro imediatamente. Primeiro tirou um envelope do bolso e o colocou em cima do balcão. Depois pegou o livro, voltou-o para si e foi seguindo com o polegar a lista das assinaturas.

Norman observava o movimento daquele polegar, viu-o parar subitamente e resolutamente.

"Pensei que o senhor tinha dito que não teve hóspedes no sábado e no domingo passados?"

"Bem, não me lembro de nenhum. Isto é, pode ter vindo um, talvez dois, mas o movimento foi pequeno."

"E essa aqui? Essa Jane Wilson, de San Antonio? Assinou o livro no sábado de noite."

"Ah... Pensando bem, tem razão." As pancadas recomeçaram dentro do peito de Norman, e ele sabia que tinha cometido um erro quando fingira não reconhecer a descrição, mas era tarde demais agora. Como ele poderia explicar sem despertar suspeitas no detetive? O que iria dizer?

Naquele momento, o detetive não dizia nada. Tinha apanhado o envelope e colocado ao lado da página do livro, comparando a letra. Por isso é que ele tinha apanhado o envelope: a letra era *dela!* Agora ele ia saber. *Já* sabia!

Norman soube disso quando o detetive levantou a cabeça e o encarou. Agora, de perto, ele podia ver sob a sombra lançada pela aba do chapéu. Ele podia ver os olhos frios – olhos de quem *sabia*.

"É a garota, não há dúvida. A letra é dela."

"Será mesmo? Tem certeza?"

"Tanta certeza que vou mandar tirar uma cópia, nem que tenha de conseguir um mandado judicial. E isso não é tudo o que posso fazer, se você não começar a falar e a me contar a verdade. Por que mentiu, dizendo que não tinha visto essa garota?"

"Não menti. Só esqueci..."

"Você disse que tinha boa memória."

"Bem, sim, geralmente tenho. Só que..."

"Prove que tem!" Arbogast acendeu um cigarro. "Caso não saiba, roubo de carro é um delito federal. Não gostaria de ser envolvido como cúmplice, gostaria?"

"Envolvido? Como poderia ser envolvido? Uma garota chega, pede um quarto, passa a noite aqui, vai-se embora na manhã seguinte. Como eu poderia ser envolvido?"

"Por ocultar informações." E Arbogast exalou a primeira baforada. "Vamos lá: vá dizendo. Você viu a garota. Como era ela?"

"Exatamente como o senhor a descreveu, acho. Chovia muito quando ela chegou. Eu estava ocupado. Para falar a verdade, não a olhei uma segunda vez. Deixei que assinasse o registro, dei-lhe uma chave, e foi só."

"Ela falou alguma coisa? Sobre o que conversaram?"

"Suponho que sobre o tempo. Não lembro."

"Ela parecia de algum modo inquieta? Não notou qualquer coisa que lhe despertasse suspeitas?"

"Nada. Absolutamente nada. Para mim ela se parecia com qualquer outra turista."

"Está bem." Arbogast esmagou a ponta do cigarro no cinzeiro. "Quer dizer que não lhe impressionou. Por um lado, não houve nada que lhe despertasse a suspeita de algo errado com ela. Por outro, ela também não lhe despertou simpatia. Quero dizer, você não sentiu a menor emoção em relação a ela."

"Certamente não."

Arbogast se inclinou casualmente para frente. "Então, por que tentou protegê-la, fingindo não lembrar que ela estivera aqui?"

"Não tentei! Eu só esqueci, garanto." Norman sabia que estava numa armadilha, mas não iria mais longe. "O que pretende insinuar? Acha que eu a *ajudei* a roubar o carro?"

"Ninguém está acusando o senhor de coisa alguma, senhor Bates. É só que eu preciso de todas as informações possíveis. Disse que ela veio sozinha?"

"Veio sozinha, alugou um quarto e partiu na manhã seguinte. Deve agora estar a alguns milhares de quilômetros daqui..."

"É provável." E Arbogast sorriu. "Mas vamos um pouco mais devagar, está bem? Talvez você ainda se lembre de mais alguma coisa. Ela partiu desacompanhada, não foi? A que horas calcula que tenha saído?"

"Não sei. Estava dormindo lá em cima na casa; era domingo de manhã."

"Então realmente não sabe se ela estava *sozinha* quando partiu, não é?"

"Não posso provar, se é isso o que quer dizer."

"E durante a noite? Ela teve alguma visita?"

"Não."

"Está certo?"

"Absolutamente certo."

"Alguém mais a teria visto naquela noite?"

"Ela era a única hóspede."

"E você estava sozinho no escritório?"

"Sim."

"E ela ficou no quarto?"

"Sim."

"A noite toda? Nem sequer fez alguma ligação?"

"Claro que não."

"Quer dizer que você era o único a saber que ela estava aqui?"

"Já lhe disse isso."

"E a velha senhora? *Ela* a viu?"

"Que velha senhora?"

"Aquela da casa lá em cima, atrás do motel."

O coração de Norman recomeçou a dar murros; parecia que ia abrir o seu peito. Ia dizer "aqui não há velha nenhuma", mas Arbogast continuou a falar.

"Eu a vi olhando pela janela quando cheguei. Quem é?"

"Minha mãe." Ele tinha de confessar; não havia outra saída. E explicou. "Ela está muito fraca. Não vem mais até aqui."

"Então ela não viu a garota?"

"Não. Está doente. Ficou no quarto enquanto nós jantam..."

Tinha escapado, simplesmente. Arbogast tinha feito as perguntas muito depressa, tinha feito de propósito, para confundi-lo; e quando aludiu à Mãe, o pegou desprevenido. Ele só pensava em *protegê-la*, e agora...

Arbogast não parecia mais despreocupado: "Jantou com Mary Crane, lá em cima na sua casa?"

"Só café e sanduíches. P-pensei que tinha dito. Não houve nada. Sabe, ela perguntou onde poderia comer qualquer coisa, e eu respondi Fairvale, mas fica a quase trinta quilômetros, e estava chovendo, então eu a levei para minha casa. Foi só isso."

"Sobre o que conversaram?"

"Sobre coisa nenhuma. Já lhe disse que minha Mãe está doente, eu não queria incomodá-la. Esteve doente a semana inteira. Acho que é isso que está me transtornando, fazendo com que eu esqueça as coisas... Como essa moça, o jantar. Simplesmente apaguei."

"Será que não apagou mais nada? Por exemplo, você e a garota voltando para cá, fazendo uma festinha..."

"Não! Absolutamente! Como pode dizer uma coisa dessas, que direito tem de dizer uma coisa dessas? E-eu não vou mais falar com o senhor. Já lhe contei tudo o que o senhor queria saber. Agora, saia daqui!"

"Muito bem." Arbogast puxou para baixo a aba do Stetson. "Já vou indo. Mas, primeiro, gostaria de dar uma palavrinha com a sua mãe. Talvez ela tenha percebido alguma coisa que você esqueceu."

"Eu lhe disse que ela nem ao menos *viu* a garota!" Norman rodeou o balcão. "Além disso, não pode falar com ela. Está muito doente." Ele podia ouvir as pancadas do coração dentro do peito e teve de gritar mais alto que elas: "Eu proíbo que a veja!"

"Nesse caso, voltarei com um mandado de busca."

Ele estava blefando, Norman sabia. "Mas isso é ridículo! Ninguém daria um. Quem iria acreditar que roubei um carro velho?"

Arbogast acendeu outro cigarro e atirou o fósforo no cinzeiro. "Receio que não esteja entendendo", murmurou, quase gentil. "Não se trata do carro, na verdade. É melhor que saiba a história toda. É que essa garota – Mary Crane

– roubou quarenta mil dólares em dinheiro de uma firma de corretagem de Fort Worth."

"Quarenta mil..."

"Isso mesmo. Sumiu da cidade com o dinheiro. Como vê, é um negócio muito sério. Portanto, toda e qualquer informação que eu possa obter é importante. Por isso volto a insistir em falar com sua mãe. Com ou sem sua permissão."

"Mas já lhe disse que ela não sabe de nada, que está doente, que está muitíssimo doente."

"Prometo não dizer nada que possa perturbá-la." Arbogast fez uma pausa. "Mas se prefere que eu venha aqui com o xerife e um mandado..."

"Não." Norman rapidamente sacudiu a cabeça, negativamente. "Não precisa fazer isso." Hesitava, mas agora já não havia razão para hesitar. *Quarenta mil dólares. Não admirava que o detetive fizesse tantas perguntas. É claro que ele poderia arranjar um mandado, não adiantava fazer cena. E, depois, também havia aquele casal do Alabama para atrapalhar. Não tinha saída, absolutamente nenhuma saída.*

"Está bem", disse Norman. "Pode ir falar com ela. Mas deixe que eu vá lá em casa primeiro, para avisar que o senhor está vindo. Não quero que chegue de supetão, sem nenhuma explicação, e a deixe nervosa." Andou até à porta. "Espere aqui, para o caso de chegar alguém."

"Ok." Arbogast acenou com a cabeça e Norman saiu apressado.

A subida da colina não era tão longa, mas Norman pensou que nunca a terminaria. Seu coração batia como naquela noite, agora era como naquela noite – nada mudara. Não importava o que fizesse, não podia fugir disso. Nem tentando se comportar como bom menino, nem tentando se comportar como adulto. Não adiantava, porque ele era o que era, e isso não bastava. Não bastava para salvá-lo, não bastava para salvar a Mãe. Se pudesse receber alguma ajuda, só poderia ser dela.

Então abriu a porta da frente, subiu a escada e entrou no quarto dela, e ele pretendia falar calmamente, mas, quando a viu sentada junto da janela, não pôde se conter. Começou a tremer e os soluços irromperam do seu peito, soluços terríveis, e ele pôs a cabeça sobre a sua saia e contou a ela.

"Está bem", disse a Mãe. Ela não parecia surpresa. "Vamos cuidar disso. Deixe tudo comigo."

"Mãe... se a senhora falasse com ele por um minuto, dissesse que não sabe nada... ele iria embora."

"Mas voltaria. Quarenta mil dólares é muito dinheiro. Por que você não me contou isso?"

"Não sabia. Juro que não sabia!"

"Acredito. Mas *ele* não vai acreditar. Não vai acreditar em você, não vai acreditar em mim. Provavelmente pensa que estamos todos juntos no esquema. Ou que demos sumiço na garota para ficar com o dinheiro. Entende como é?"

"Mãe..." E Norman cerrou os olhos, ele não podia olhar para ela. "O que você vai fazer?"

"Vou me vestir. Tenho de me aprontar para o seu visitante, não tenho? Vou só pegar algumas coisas no banheiro. Pode voltar e dizer ao senhor Arbogast que suba."

"Não. Não posso. Não vou trazê-lo aqui, não se a senhora for..."

E ele não podia, não podia mais fazer o menor movimento. Queria desmaiar, mas nem isso impediria o que estava para acontecer.

Em alguns minutos o senhor Arbogast se cansaria de esperar. Andaria até a casa sozinho, bateria à porta, abriria e entraria. E quando entrasse...

"Mãe, por favor, me *escute!*"

Mas ela não o ouvia, ela estava no banheiro, estava se vestindo, estava se maquiando, estava se aprontando. *Estava se aprontando.*

E de repente deslizou para fora, usando um vestido bonito de babados. Pó de arroz e ruge no rosto, bonita como um quadro, e sorria ao começar a descer a escada.

A meio caminho, bateram à porta.

Estava acontecendo. O senhor Arbogast estava ali; Norman quis gritar e avisá-lo, mas havia qualquer coisa fechando-lhe a garganta. Só pôde ouvir a Mãe respondendo, alegremente: "Já vou! Já vou! Um momento!"

E *foi* mesmo um momento.

A Mãe abriu a porta e o senhor Arbogast entrou. Olhou para ela e abriu a boca para dizer alguma coisa. E, ao fazer isso, ergueu a cabeça, e era só o que a Mãe esperava. Seu braço se esticou, alguma coisa brilhante lampejou para frente e para trás, para frente e para trás...

Aquilo doía nos olhos de Norman e ele não queria olhar. Ele não precisava mesmo olhar, porque já sabia.

A Mãe tinha encontrado a sua navalha...

Norman sorriu para o homem idoso

capítulo dez

⑩

DEZ

Norman sorriu para o homem idoso e disse: "Aqui está a sua chave. São dez dólares pelos dois, por favor".

A mulher do homem idoso abriu a bolsa. "Eu tenho o dinheiro aqui, Homer." Ela colocou uma nota no balcão, fazendo a Norman um sinal com a cabeça. Então ela parou de acenar e seus olhos se estreitaram. "O que há, não está se sentindo bem?"

"Eu... Eu acho que estou um pouco cansado. Vou ficar bem. Vou fechar agora."

"Tão cedo? Pensei que os motéis ficassem abertos o tempo todo. Principalmente nos sábados à noite."

"Aqui o movimento não é muito grande. Além disso, são quase dez."

Quase dez. Perto de quatro horas. Meu Deus.

"Entendo. Bem, boa noite."

"Boa noite."

Eles estavam indo agora, e ele enfim podia sair de trás do balcão, desligar o letreiro e fechar o escritório. Mas primeiro ia tomar uma dose, uma dose grande, pois precisava de uma. E não importava se ele bebia ou não, nada mais importava; estava tudo acabado. Tudo acabado, ou só começando.

Norman já tinha tomado várias doses. Tomara uma logo que voltou ao motel, por volta das seis, e tinha bebido uma a cada hora, desde então. Sem isso, nunca teria sido capaz de resistir, de ficar ali, sabendo o que havia na casa lá em cima, no tapete do hall de entrada. Era lá que o deixara, sem tentar mexer em nada; tinha só puxado as pontas do tapete por cima para cobrir. Havia um bocado de sangue, mas não iria vazar. Além disso, não *podia* fazer mais nada naquela hora. Não com o dia claro.

Agora, é claro, teria de voltar. Dera à Mãe ordens rigorosas para que não tocasse em coisa alguma, e sabia que ela obedeceria. Engraçado como, depois do que acontecera, voltara a ficar prostrada. Parecia encontrar coragem para qualquer coisa – na fase maníaca, não era assim que se chamava? –, mas, quando acabava, ela afrouxava e era ele que tinha de assumir. Disse a ela que voltasse para o quarto e não se mostrasse à janela, que ficasse deitada até que ele voltasse. E trancara a porta à chave.

Agora, teria de abri-la.

Norman fechou o escritório e saiu. O Buick estava ali, o Buick do senhor Arbogast, estacionado onde ele o deixara.

Não seria maravilhoso se ele pudesse entrar naquele carro e sumir dali? Dirigir para bem longe e nunca mais voltar? Para longe do motel, da Mãe, daquela coisa no tapete do hall?

Por um momento a tentação o dominou, mas só por um momento; em seguida diminuiu e Norman sacudiu os ombros. Não daria certo, ele sabia. Nunca conseguiria ir longe o bastante para se sentir em segurança. Além disso, aquela coisa estava à sua espera. À sua espera...

Deu uma olhada para os dois lados da estrada, viu se as venezianas do número Um e do número Dois estavam descidas, entrou no carro de Arbogast e tirou do bolso as chaves que encontrara no bolso dele. Guiou em direção à casa, subindo bem devagar.

Todas as luzes estavam apagadas. A Mãe estava dormindo no seu quarto, ou talvez só fingindo dormir – Norman não se importava. Contanto que ficasse fora do caminho enquanto ele cuidava de tudo. Ele não queria a Mãe por ali para fazer com que se sentisse um menininho. Tinha um trabalho de homem para fazer. De adulto.

E era preciso um homem feito só para enrolar o tapete e levantá-lo com o que estava dentro. Desceu a escada com a coisa e colocou no assento traseiro do carro. Não errara ao pensar que não haveria vazamentos. Esses tapetes velhos eram absorventes.

Depois de atravessar o campo e chegar ao pântano, costeou a margem até sair numa área aberta. Não iria tentar afundar o carro no mesmo ponto em que pusera o outro. Esse lugar estava ótimo, e ele usou o mesmo método. De certo modo, era até muito fácil. *A prática leva à perfeição.*

Mas aquilo não era assunto para brincadeira; não enquanto, sentado no toco de uma árvore, esperava o carro afundar. Dessa vez foi pior. Você diria que o Buick, por ser mais pesado, afundaria mais depressa. Mas levou um milhão de anos. Até que, enfim, plop!

Então, desaparecera para sempre. Exatamente como a garota e os quarenta mil dólares. Onde estariam? Não na bolsa, com certeza, nem na valise. Talvez na bolsa de viagem, ou em algum lugar do carro. Deveria ter olhado, isso é o que deveria ter feito. Mas ele não estava em condições de dar uma busca, mesmo se soubesse que o dinheiro estava lá. E se o *tivesse* encontrado, sabe-se lá o que teria acontecido. Provavelmente teria confessado, quando o detetive apareceu. Você acaba confessando quando tem a consciência pesada. Tinha de agradecer por uma coisa: não era responsável por nada daquilo. Sim, sabia que era cúmplice; por outro lado, tinha de proteger a Mãe. Isso implicava em se proteger também, mas na verdade era na Mãe que ele pensava.

Norman voltou a pé, andando lentamente pelo campo. No dia seguinte teria de voltar com o carro e o reboque – fazer tudo de novo. Mas agora havia outro assunto muito mais importante.

De novo, era o problema de vigiar a Mãe.

Tinha pensado muito em tudo e agora precisava enfrentar os fatos.

Alguém iria aparecer ali para perguntar sobre o detetive.

Era lógico que acontecesse. A companhia – qualquer coisa Mútua – onde ele trabalhava não iria deixar que ele desaparecesse, sem fazer uma investigação. Eles provavelmente mantinham sempre contato com ele, ou recebiam informações dele durante a semana. E com certeza a imobiliária estaria interessada. Todo mundo está interessado em quarenta mil dólares.

Assim, mais cedo ou mais tarde, haveria perguntas a responder. Poderia levar vários dias, talvez uma semana, como tinha sido com a moça. Mas ele sabia o que estava a caminho. E dessa vez estaria preparado.

Já pensara em tudo. Fosse quem fosse que se apresentasse, a história seria perfeitamente lógica. Ele iria decorá-la, ensaiá-la, para que não houvesse deslizes, como hoje à noite. Ninguém o deixaria nervoso ou confuso; não se soubesse com antecedência o que esperar. Já estava planejando exatamente o que dizer quando chegasse a hora.

A moça se hospedara no motel, sim. Admitiria imediatamente, mas, naturalmente, não suspeitara de nada enquanto ela estava ali – não até o senhor Arbogast chegar, uma semana depois. A moça passara a noite e partira. Não haveria estória sobre qualquer conversa, e certamente nada sobre jantarem juntos em casa.

O que *iria* dizer era que contara tudo ao senhor Arbogast, e que o único ponto que pareceu lhe interessar foi quando mencionou que a moça lhe perguntara a que distância ficava Chicago e se poderia chegar lá em um dia.

Foi *isso o* que despertou o interesse de senhor Arbogast. E ele tinha lhe agradecido muito, entrado no carro e ido embora. Ponto final. Não, não tinha a menor ideia de onde fora. O senhor Arbogast não tinha dito. Ele só foi embora. Que horas eram? Um pouco depois do jantar, no sábado.

Era isso, só a simples exposição de fatos. Nenhum detalhe, nada elaborado que possa provocar suspeitas. Uma fugitiva passara por ali e se fora. Uma semana depois, um detetive seguiu a sua pista, pediu e recebeu informações e partiu. Sinto muito, cavalheiro, mas é tudo o que sei.

Norman sabia que poderia contar a história desse jeito, com toda calma e facilidade, pois já não teria de se preocupar com a Mãe.

Ela não estaria mais vigiando da janela. Na verdade, não estaria em casa. Mesmo que eles viessem com um dos tais mandados, não a encontrariam.

Esta, sim, seria a melhor proteção. Proteção para ela, mais ainda para ele. Estava decidido e iria dar um jeito de fazer. Não fazia sentido nem mesmo esperar até a manhã seguinte.

Curioso, agora que tudo tinha terminado, sentia-se muito confiante. Não tinha sido como da outra vez, quando ficara em pedaços e precisara saber que a Mãe estava lá. Agora ele precisava saber que ela *não* estava lá. E, uma vez na vida, tinha coragem suficiente para lhe dizer exatamente isso.

Subiu a escada, no escuro, e foi diretamente ao quarto dela. Ele acendeu a luz. A Mãe estava deitada, naturalmente, mas não dormia; não dormia, absolutamente, estava fingindo.

"Norman, pelo amor de Deus, onde esteve? Fiquei tão apreensiva."

"A senhora sabe onde estive, Mãe. Não finja."

"Está tudo bem?"

"Com certeza." Ele respirou profundamente. "Mãe, vou lhe pedir que não durma neste quarto por uma semana mais ou menos."

"O quê?"

"Eu disse que tenho de pedir que não durma neste quarto durante uma semana mais ou menos."

"Perdeu o juízo? Este é meu quarto."

"Eu sei. Não estou pedindo que o deixe permanentemente. Só por um tempinho."

"Mas por que cargas d'água..."

"Mãe, escute e tente entender. Hoje tivemos uma visita."

"Precisamos falar disso?"

"Eu preciso, neste momento. Mais cedo ou mais tarde alguém virá procurar por ele. Vou dizer que ele veio e foi embora."

"É isso o que vai dizer, filho. E o caso estará encerrado."

"Talvez. Espero que sim. Mas não posso me arriscar. Talvez queiram fazer uma busca pela casa."

"Deixe que busquem. Ele não estará mais aqui."

"A senhora também não." Norman engoliu em seco e

continuou. "Estou falando sério, Mãe. É para sua própria proteção. Não posso deixar que seja vista por mais alguém, como o detetive. Não quero que ninguém venha lhe fazer perguntas – a senhora sabe por quê, tão bem quanto eu. É simplesmente impossível. O mais seguro para nós dois é que não esteja aqui."

"Que vai fazer... me enterrar no pântano?"

"Mãe..."

Ela começou a rir. Parecia que cacarejava; e ele sabia que, se ela embalasse, não iria parar mais. A única maneira de fazer com que parasse era gritar mais alto do que ela. Uma semana atrás, Norman não teria ousado. Mas já não era a semana passada, era *agora*, e as coisas eram diferentes. *Agora*, ele tinha de encarar a realidade. A Mãe era mais do que doente. Era uma psicótica perigosa. Ele tinha de controlá-la, e o faria.

"Cale a boca!", ele disse, e o cacarejo parou. "Lamento", ele disse suavemente, "mas a senhora tem de me ouvir. Já pensei em tudo. Vou levar a senhora para o depósito de frutas, no porão."

"O depósito de frutas? Mas eu não posso..."

"Pode, sim. Tem de poder. Cuidarei da senhora. Lá tem luz, vou arranjar uma cama e..."

"Não *vou*!"

"Não estou pedindo, Mãe. Estou mandando. Vai ficar no depósito de frutas até que eu ache seguro a senhora voltar para cima de novo. Vou pendurar aquela velha manta indígena na parede, para esconder a porta. Ninguém vai notar coisa alguma, mesmo que alguém se dê ao trabalho de descer ao porão. É a única maneira de nós dois termos certeza de que estará segura."

"Norman, não vou mais nem discutir esse assunto com você. Não vou sair deste quarto!"

"Nesse caso, vou ter de carregá-la."

"Norman, você não se *atreveria*..."

Mas ele fez. Foi exatamente o que fez. Retirou-a da cama e a carregou nos braços. Ela era leve como uma pluma, comparada ao senhor Arbogast, e cheirava a perfume, e não a cigarro como ele. Estava atônita demais para reagir; só choramingou um pouco. Norman ficou espantado de ver como era fácil, uma vez que tinha se decidido. Ela era apenas uma pobre velha enferma, uma coisa débil e frágil! Ele não tinha de ter medo dela. *Ela* é que tinha medo *dele*, agora. Sim, ela devia ter. Nem uma vez o chamou de "filho".

"Vou arrumar uma cama para a senhora", disse ele. "E lá tem um penico..."

"Norman, é *preciso* falar assim?" Por um momento ela se exaltou como costumava fazer, mas logo se acalmou. Norman se apressou, trazendo cobertores, arrumando as cortinas da pequena janela para que houvesse ventilação suficiente. Ela recomeçou a choramingar; não tanto a choramingar, mas a resmungar baixinho.

"É como uma cela de prisão, é isso que é; você está tentando fazer de mim uma prisioneira. Você não me ama mais, Norman, não me ama, ou não me trataria dessa maneira."

"Se não a amasse, sabe onde a senhora estaria hoje?" Ele não queria dizer, mas era preciso. "No Manicômio Estadual para Insanos Criminosos. É lá que estaria."

Ele cortou a luz, imaginando se ela o teria ouvido e, se tivesse ouvido, se suas palavras a teriam atingido.

Ela parecia ter compreendido. Pois, quando ele estava fechando a porta, ela respondeu. A voz era enganadoramente suave, na escuridão, mas suas palavras eram cortantes; mais profundamente cortantes que a navalha que rasgara a garganta do senhor Arbogast.

"Sim, Norman, acho que você tem razão. Provavelmente, é para lá que eu iria. Mas não iria sozinha."

Norman bateu a porta, trancou-a com a chave e se afastou. Não tinha muita certeza, mas, ao subir a escada do porão, pensou ainda ouvi-la rindo baixinho na escuridão.

capítulo onze

(11)

Sam e Lila, sentados no quarto dos fundos...

SICO
SICO

BERT BLO

ONZE

Sam e Lila, sentados no quarto dos fundos da loja, esperavam Arbogast. Mas tudo o que ouviam eram os rumores de uma noite de sábado.

"É fácil distinguir quando é noite de sábado numa cidade como esta", observou Sam. "O ruído é diferente. O tráfego, por exemplo. Ele aumenta e fica mais rápido. É porque é no sábado à noite que os adolescentes pegam os carros."

"Toda essa barulheira e esses sons estridentes são os carros estacionando. Famílias do campo em seus calhambeques chegando para o cinema. Trabalhadores correndo para os botequins."

"E reparou nos passos? Também são diferentes. Ouviu essa correria? As crianças estão soltas. No sábado, ficam acordadas até mais tarde. Não têm dever de casa." Ele encolheu os ombros. "Naturalmente, Forth Worth é mais barulhenta do que isso aqui, seja qual for a noite da semana."

"Creio que sim", concordou Lila. "Sam, por que será que ele não vem? São quase nove horas."

"Você deve estar com fome."

"Não é isso. Mas por que será que ele não vem?"

"Quem sabe está ocupado, quem sabe descobriu alguma coisa importante."

"Ele ao menos podia telefonar. Sabe como nós estamos preocupados."

"Tenha mais um pouco de paciência..."

"Estou cansada de esperar!" Lila ficou de pé, empurrando a cadeira para trás. Ela começou a andar de um lado para outro, cruzando o cômodo estreito. "Nunca deveria ter esperado tanto. Devia ter procurado imediatamente a polícia. Espere, espere, espere – foi só o que ouvi a semana toda! Primeiro o senhor Lowery, depois o senhor Arbogast, e agora você. Porque vocês todos só estão pensando no dinheiro, não na minha irmã. Ninguém se importa com o que aconteceu a Mary – ninguém além de mim!"

"Não é verdade. Você sabe muito bem o que sinto por Mary."

"Então como é que suporta? Por que não *faz* alguma coisa? Que espécie de homem é você – aí sentado, deitando filosofia de meia-tigela numa hora dessas!"

Ela agarrou a bolsa e disparou para a frente, esbarrando nele.

"Onde vai?", perguntou Sam.

"Vou ver esse tal xerife, agora mesmo."

"Seria melhor pedir que ele viesse aqui. Afinal, queremos estar aqui quando Arbogast aparecer."

"*Se* ele aparecer. Talvez tenha descoberto alguma coisa e ido embora da cidade. Ele não precisava voltar aqui." A voz de Lila se equilibrava à beira da histeria.

Sam segurou-lhe o braço. "Sente-se", disse. "Vou telefonar para o xerife."

Ela não tentou segui-lo quando ele se encaminhou para o armazém. Sam se aproximou do balcão dos fundos, postou-se junto à caixa registradora e retirou o fone do gancho,
"Um-seis-dois, por favor. Alô, é do escritório do xerife? Aqui é Sam Loomis, da loja de ferragens. Gostaria de falar com o xerife Chambers..."
"Ele *o quê*? Não, não sei de nada. Você disse... Fulton? Quando acha que ele estará de volta? Está bem. Não, nada errado. Eu só queria falar com ele. Olhe, se ele chegar antes de meia-noite, pediria a ele que ligue para a loja? Ficarei aqui a noite toda. Sim. Obrigado, fico muito agradecido."
Colocou o fone no gancho e voltou para o quarto dos fundos.
"O que ele disse?"
"Não estava lá." Sam relatou a conversa, observando o rosto dela enquanto falava. "Parece que alguém assaltou o banco de Fulton hoje à noite. Chambers e toda a Polícia Rodoviária Estadual saíram para bloquear as estradas. Por isso toda essa agitação. Falei com o velho Peterson; é o único que ficou no escritório do xerife. Há dois policiais fazendo a ronda na cidade, mas para nós não adiantam nada."
"E agora, o que vai fazer?"
"Esperar, é claro. É provável que a gente só consiga falar com o xerife amanhã cedo."
"Você nem se importa com o que pode ter acontecido a..."
"Claro que me importo", interrompeu Sam, resolutamente. "Ficaria mais tranquila se eu ligasse para o motel e indagasse o que está retendo Arbogast?"
Ela concordou com um aceno de cabeça.
Ele voltou ao armazém. Desta vez ela o acompanhou e ficou à espera enquanto ele pedia informações à telefonista. Afinal descobriu o nome – Norman Bates – e o número. Depois ficou aguardando que ela fizesse a ligação.

"Engraçado", disse, colocando o fone no gancho. "Ninguém responde."

"Nesse caso, vou para lá."

"Não, não vai." E Sam pousou a mão no ombro dela. "Fique aqui, à espera do senhor Arbogast. Eu vou."

"Sam, o que você acha que aconteceu?"

"Vou dizer quando voltar. Agora se acalme. Não devo demorar mais do que quarenta e cinco minutos."

E de fato não levou, pois Sam dirigia depressa. Exatamente quarenta e dois minutos depois ele abriu a porta da frente e entrou na loja. Lila estava esperando por ele.

"E então?", perguntou ela.

"Curioso. O lugar estava fechado. O escritório estava apagado. A casa atrás do motel, às escuras. Subi até lá e bati na porta por cinco minutos sem parar. Ninguém apareceu. A garagem junto à casa estava aberta e vazia. Parece que esse Bates foi passar a noite fora."

"E o senhor Arbogast?"

"O carro dele também não estava. Mas havia dois carros estacionados junto ao motel. Olhei as placas. Alabama e Illinois."

"Mas onde poderia..."

"Imagino o seguinte", disse Sam. "O senhor Arbogast *deve* ter descoberto alguma coisa. Talvez algo importante. Pode ser que ele e Bates tenham saído juntos. Deve ser por isso que não recebemos notícia."

"Sam, não posso aguentar isso muito mais. Eu tenho de saber!"

"E também precisa comer." Ele lhe estendeu um volumoso saco de papel. "Parei no drive-in na volta, comprei hambúrgueres e café. Vamos lá para os fundos."

Quando acabaram de comer já passava das onze horas.

"Olhe", disse Sam. "Por que não vai descansar um pouco no hotel? Se alguém ligar ou aparecer, eu lhe telefono. Não faz sentido nós dois ficarmos sentados aqui."

"Mas..."

"Por favor. Não adianta a gente se atormentar. O mais provável é que eu esteja certo. Arbogast *deve* ter encontrado Mary e teremos notícias pela manhã. Boas notícias."

Mas não houve boas notícias no domingo de manhã.

Às nove horas, Lila estava batendo na porta da frente da loja de ferragens.

"Soube de alguma coisa?", indagou. E quando Sam abanou a cabeça negativamente, ela franziu a testa. "Pois eu soube: Arbogast fez o *check-out* do hotel ontem de manhã, *antes* de começar a procurar."

Sam não disse nada. Apanhou o chapéu e saiu da loja com ela.

As ruas de Fairvale estavam desertas na manhã de domingo. O edifício do Tribunal ficava recuado, em uma praça da Rua Principal, cercado de gramados em todos os quatro lados. Um lado tinha a estátua de um veterano da Guerra Civil – daquele tipo fundido aos milhares no passado para ornamentar relvados de tribunais em todo o país. Os três lados restantes exibiam, respectivamente, um morteiro da Guerra Hispano-Americana, um canhão da Primeira Guerra Mundial e uma coluna de granito com os nomes de catorze cidadãos de Fairvale mortos na Segunda Guerra. Havia bancos nos quatro lados em volta da praça, àquela hora vazios.

O edifício propriamente estava fechado, mas a sala do xerife se situava no anexo – os cidadãos de Fairvale ainda se referiam a ele como o anexo "novo", embora existisse desde 1946. A porta lateral estava aberta. Eles entraram, subiram a escada e passaram pelo vestíbulo até escritório.

O velho Peterson estava de serviço, sentado sozinho à mesa da frente.

"Dia, Sam."

"Bom dia, senhor Peterson. O xerife está?"

"Não. Soube dos ladrões do banco? Atravessaram a barricada na estrada de Parnassus. O FBI está atrás deles. Mandei um alerta..."

"Onde está o xerife?"

"Bem, ele chegou muito tarde ontem de noite... Isso é, hoje de madrugada, devo dizer."

"Deu meu recado a ele?"

O velho hesitou. "Acho... acho que esqueci. Toda essa agitação por aqui." E Peterson passou a mão na boca. "Mas ia dar o seu recado ainda hoje, assim que ele chegasse."

"A que horas será isso?"

"Creio que logo depois do almoço. Domingo de manhã ele vai à igreja."

"Que igreja?"

"Primeira Igreja Batista."

"Obrigado."

"Mas você não vai tirá-lo para fora da..."

Sam virou as costas e não respondeu. Os saltos de Lila estalavam a seu lado no assoalho do corredor.

"Afinal de contas, que fim de mundo é esse?", resmungou ela. "Assaltam um banco e o xerife está na igreja. O que está fazendo, rezando para que alguém capture os ladrões para ele?" Sam não respondeu. Ao chegarem à rua, Lila se voltou para ele outra vez. "Para onde vamos?"

"À Primeira Igreja Batista, naturalmente."

Não foi preciso incomodarem o xerife Chambers em sua devoção. Ao dobrarem uma esquina, viram que o culto já havia terminado e que os fiéis saíam do edifício encimado por torres.

"Lá vem ele", disse Sam. "Vamos."

Ele a conduziu até um casal postado na calçada. A mulher era uma nulidade baixa e de cabelos grisalhos, com um vestido estampado escolhido em algum catálogo de vendas pelo correio; o homem era alto, tinha ombros largos e uma pança que se projetava da cintura. Vestia um terno de sarja azul, e seu pescoço rubro e enrugado parecia se rebelar contra a disciplina de um alto colarinho engomado. Tinha cabelos crespos e grisalhos, e negras sobrancelhas, também crespas.

"Um minuto, xerife", pediu Sam. "Preciso lhe falar."

"Sam Loomis. Como vai?" O xerife Chambers estendeu a Sam a sua grande mão avermelhada. "Mamãe, você conhece o Sam."

"Esta é Lila Crane. A senhorita Crane é de Fort Worth, está aqui de visita."

"Prazer em conhecê-la. Não é de você que o velho Sam vive falando? Nunca disse que era tão bonita..."

"Está pensando em minha irmã", respondeu Lila. "É por causa dela que viemos procurá-lo."

"Poderíamos ir até o seu escritório por um minuto?", emendou Sam. "Assim explicaríamos a situação."

"Claro, por que não?" Jud Chambers se voltou para a mulher. "Mamãe, por que não pega o carro e vai para casa? Também irei daqui a pouco; assim que terminar com esses dois."

Mas o "daqui a pouco" se alongou. Uma vez no escritório do xerife Chambers, Sam desfiou a história. Mesmo sem interrupções, isso levaria uns vinte minutos. E o xerife frequentemente o interrompia.

"Agora deixe eu entender bem isso", disse ele, concluindo. "Esse sujeito, esse Arbogast, o procurou. Por que não veio falar comigo?"

"Já expliquei: queria evitar recorrer às autoridades. Pensava poder encontrar a senhorita Crane e reaver o dinheiro, sem maiores embaraços para a Agência Lowery."

"Disse que ele lhe mostrou credenciais?"

"Sim", confirmou Lila. "Era um investigador da companhia de seguros. E conseguiu achar a pista de minha irmã até aquele motel. E é por isso que estamos apreensivos, porque ele não voltou, embora tivesse dito que voltaria."

"Mas ele não estava no motel quando você foi lá?" A pergunta era dirigida a Sam, que respondeu.

"Não havia ninguém lá, xerife."

"Curioso. Muito curioso. Conheço o tal Bates que dirige o lugar. Está sempre lá. Raramente se ausenta por uma hora para vir à cidade. Tentou falar com ele essa manhã? Quer que eu tente? Provavelmente dormia como uma pedra quando você esteve lá ontem de noite."

A grande mão avermelhada apanhou o fone.

"Não fale a respeito do dinheiro", sugeriu Sam. "Só pergunte por Arbogast, para ver o que diz."

Chambers sacudiu afirmativamente a cabeça. "Deixe comigo", sussurrou. "Sei lidar com essas coisas."

Pediu a ligação e esperaram.

"Alô... Bates? É você? Aqui é o xerife Chambers. Isso mesmo. Queria uma informação de você. Umas pessoas aqui na cidade estão tentando localizar um sujeito chamado Arbogast. Milton Arbogast, de Fort Worth. Ele é investigador particular de uma firma que se chama Paridade Mútua."

"Ele o quê? Oh, sim? Quando foi isso? Entendo. Que disse ele? Está bem, pode dizer. Já sei tudo a esse respeito. Sim..."

"O quê? Diga outra vez. Sim. Sim. E depois foi-se embora, hein? Disse para onde ia? Oh, acha que foi isso? Certo. Não, é só isso..."

"Não, problema nenhum. Só queria checar. Diga, será que ele não voltou para aí tarde da noite? A que horas você vai para a cama, geralmente? Sei. Bem, acho que é isso. Obrigado pela informação, Bates."

Ele colocou o fone no gancho, e virou-se para olhá-los de frente.

"Parece que o seu homem foi para Chicago", declarou.

"Chicago?"

O xerife Chambers balançou a cabeça. "Sim. A moça disse que ia para lá. Esse seu amigo Arbogast está me parecendo um investigador bem esperto."

"O que quer dizer? O que Bates disse?" Lila se inclinou para a frente.

"A mesma coisa que Arbogast disse ontem de noite quando ligou de lá. Sua irmã dormiu no hotel sábado passado, mas não se registrou com seu próprio nome. Disse que se chamava Jane Wilson e que era de San Antonio. Deixou escapar que estava a caminho de Chicago."

"Então não era Mary. Ela não conhece ninguém em Chicago; nunca esteve lá em toda a vida!"

"Segundo Bates, Arbogast tinha certeza de que era ela mesma. Até comparou a sua letra. A descrição, o carro – tudo combinava. E quando ouviu falar em Chicago, Bates disse que o investigador saiu ventando como um morcego fugindo do inferno."

"Mas isso é ridículo!", estranhou Sam. "Ela tinha uma semana de vantagem, *se* é que realmente estava indo para lá. E ele nunca a acharia em Chicago."

"Talvez ele saiba onde procurar. Talvez não tenha contado a vocês *tudo* o que sabia a respeito da sua irmã e dos planos dela."

"O que ele poderia saber que não sabemos?"

"Nunca se sabe, com esses detetives. Quem sabe ele tinha uma ideia das intenções da sua irmã. Se ele a descobrisse e recuperasse o dinheiro, talvez não tivesse mais tanto interesse em contatar de novo a companhia de seguros."

"Quer dizer que o senhor Arbogast seria um velhaco?"

"Só digo que quarenta mil dólares em espécie é um bocado de dinheiro. E se Arbogast não apareceu mais, significa que planejava algo diferente." O xerife abanou a cabeça. "Devia já estar pensando nessa possibilidade, ao que me parece. Se não, por que não me procurou, em busca de auxílio? Você disse que ele fez o *check-out* do hotel ontem."

"Mas espere um pouco, xerife", disse Sam. "Está chegando a conclusões precipitadas. Não tem base alguma, a não ser o que Bates lhe disse pelo telefone. Ele não poderia estar mentindo?"

"Mentindo por quê? Contou uma história muito clara. Disse que a moça esteve lá; disse que Arbogast também esteve."

"E onde estava ele ontem à noite, quando fui ao motel?"

"Dormindo como uma pedra, como pensei", respondeu o xerife. "Escute aqui, conheço esse tal Bates. É um tanto esquisito, lá a seu modo; não é muito inteligente – pelo menos é essa a impressão que sempre me deu. Mas isso de se meter em encrencas, não. E por que não haveria de acreditar no que me disse? Principalmente agora, que *sei* que seu amigo Arbogast estava mentindo."

"Mentindo? Sobre o quê?"

"Você me contou o que ele disse quando ligou para você lá do motel, ontem de noite. Bem, aquilo foi só para ganhar tempo. Ele já sabia que a moça tinha ido para Chicago e quis manter você quieto para ter uma vantagem. Foi por isso que mentiu."

"Não entendo, xerife. Sobre o que ele mentiu?"

"Ora! Quando disse que iria ver a mãe de Norman Bates. Norman Bates não tem mãe."

"Não tem?"

"Não. Faz vinte anos que não tem. Ela morreu." Chambers sacudiu a cabeça. "Foi um escândalo por essas bandas. Admira que você não lembre; mas era só um menino na época. Ela construiu o motel com um sujeito chamado Considine, Joe Considine. Era viúva, compreende, e dizia-se que ela e Considine eram..." O xerife olhou para Lila e interrompeu, fazendo um aceno da mão sem sentido. "Seja como for, eles nunca se casaram. Devia existir algum empecilho, talvez algum problema na família, ou talvez ele tivesse uma mulher no lugar de onde viera. Uma noite os dois juntos tomaram estricnina. Um pacto de morte. O filho dela, esse Norman Bates, foi quem encontrou os dois. Acho que foi um grande choque. Pelo que me lembro, ficou internado no hospital por um par de meses. Nem foi ao enterro. Mas eu fui. É por isso que estou certo da morte da mãe dele. Diacho, até ajudei a carregar o caixão!"

capítulo doze

⑫

Sam e Lila almoçaram no hotel.

DOZE

Sam e Lila almoçaram no hotel.

A refeição não foi agradável para nenhum dos dois.

"Ainda não posso acreditar que o senhor Arbogast tenha partido sem nos dizer uma palavra", disse Lila, pousando a xícara de café. "E também não acredito que Mary iria para Chicago."

"Bem, o xerife Chambers acredita." Sam suspirou. "E você tem de admitir que Arbogast mentiu quando disse que ia ver a mãe de Bates."

"Sim, eu sei, não faz sentido. Por outro lado, também não faz sentido essa história de Chicago. Tudo o que Arbogast sabia sobre Mary fomos nós que contamos."

Sam depôs a colher de sobremesa ao lado da taça do sorvete. "Estou começando a me perguntar o quanto nós sabíamos sobre Mary", disse. "Sou noivo dela. Você viveu com ela. Nenhum de nós poderia acreditar que ela pegaria aquele dinheiro. E, no entanto, não há outra resposta. Ela pegou."

"Sim." Lila falou em voz baixa. "Agora eu acredito nisso. Ela levou o dinheiro. Mas não faria isso por si mesma.

Talvez ela pensasse que poderia ajudar você; talvez quisesse ajudá-lo a pagar suas dívidas."

"Então por que não me veio procurar? Eu não teria aceitado coisa alguma de Mary, mesmo se não soubesse que o dinheiro era roubado. Mas se ela achava que eu aceitaria, por que não veio?"

"Ela veio. Pelo menos chegou até esse motel." Lila amassou o guardanapo, apertou-o numa bola na mão. "Era isso o que eu estava querendo dizer ao xerife. *Sabemos* que ela foi até ao motel. E só porque Arbogast mentiu, não quer dizer que esse Bates também não possa estar mentindo. Por que o xerife pelo menos não vai até lá e dá uma olhada, em vez de ficar só falando com ele pelo telefone?"

"Eu não culpo o xerife Chambers por se recusar", disse Sam. "Como poderia ir adiante? Com que base, com que provas? O que ele deveria estar procurando? Não se pode invadir a casa das pessoas sem um motivo. Além disso, não é assim que se age numa cidade pequena. Todo mundo conhece todo mundo, ninguém quer causar problemas ou provocar inimizades. Você ouviu o que ele disse. Não há razão para suspeitar de Bates. Eles se conheceram a vida toda."

"Sim, eu também conheci Mary a vida toda. Mas *eu* também não suspeitava de algumas coisas sobre ela. O xerife admitiu que Bates é um pouco estranho."

"Não chegou a dizer isso. Disse que ele era uma espécie de recluso. O que é compreensível, quando se pensa no choque que deve ter sofrido com a morte da mãe."

"A mãe." Lila franziu a testa. "Está aí uma coisa que não me entra na cabeça. Se Arbogast queria mentir, por que mentiria sobre algo assim?"

"Não sei. Talvez fosse a primeira coisa que lhe..."

"Pensando bem, se ele *estava* planejando fugir, por que

se deu ao trabalho de telefonar para nós? Não seria mais fácil partir, simplesmente, sem sequer nos dizer que tinha estado no motel?" Ela soltou o guardanapo e encarou Sam. "Eu... Eu estou pensando numa coisa."

"O quê?"

"Sam, o que Arbogast *disse* exatamente, quando ele ligou? Sobre ver a mãe de Bates?"

"Disse que a vira sentada à janela do quarto, quando chegou ao motel."

"Talvez não estivesse mentindo."

"Claro que estava. A mãe de Bates morreu, você ouviu o que o xerife disse."

"Quem sabe foi Bates quem mentiu. Quem sabe Arbogast simplesmente supôs que a mulher era a mãe de Bates e, quando mencionou isso, Bates confirmou. Ele disse que ela era doente e ninguém poderia vê-la, mas Arbogast insistiu. Não foi isso que ele disse?"

"Sim. Mas ainda não vejo..."

"Não, você não vê. Mas Arbogast viu. O fato é que ele viu *alguém* sentado à janela quando chegou. E talvez esse alguém fosse Mary."

"Lila, você não pensa que..."

"Eu não sei o que pensar. Mas por que não? O rastro acaba no motel. Duas pessoas estão desaparecidas. Isso não basta? Não basta para que eu, irmã de Mary, procure o xerife e insista para que ele faça uma investigação completa?"

"Vamos", aceitou Sam. "Vamos andando."

Encontraram o xerife Chambers em casa, acabando de almoçar. Ele mastigava um palito enquanto ouvia a história de Lila.

"Não sei", disse ele. "Você teria de registrar uma queixa..."

"Faço o que o senhor quiser. Contanto que o senhor vá até lá e dê uma olhada."

"Não podemos esperar até amanhã cedo? É que eu estou esperando notícias dos ladrões do banco, e..."

"Espere aí, xerife", atalhou Sam. "Isso é algo sério. A irmã dessa moça está desaparecida há uma semana. A questão não é mais o dinheiro. Pelo que sabemos, a vida dela pode estar em perigo. Ela pode até estar..."

"Está bem! Não preciso que me ensine o meu trabalho, Sam. Vamos, vamos para o escritório e vou pedir que assine a queixa. Mas estou certo de que é uma perda de tempo. Norman Bates não é um assassino."

Uma palavra como qualquer outra. Surgiu e desapareceu. Mas o seu eco ficou. Sam ouvira, Lila ouvira. Ela ficou com eles enquanto seguiam para o anexo do Tribunal com o xerife Chambers. Ficou com eles depois que o xerife saiu para ir ao motel. Ele se recusara a levar qualquer um dos dois; disse-lhes que esperassem. Então eles esperaram na delegacia, só os dois. Os dois – e a palavra.

A tarde já ia avançada quando o xerife regressou. Ele entrou sozinho, olhando para eles com uma mistura de alívio e contrariedade.

"Como eu disse a vocês", anunciou. "Alarme falso."

"Que foi que..."

"Fique fria, senhorita. Deixe-me sentar, primeiro. Vou lhe contar. Fui diretamente para lá e não encontrei problema algum. Bates estava na mata atrás da casa, catando lenha. Nem precisei mostrar a ordem de busca – ele foi muito gentil. Disse-me que fizesse a vistoria por minha conta, até me deu as chaves do motel."

"E o senhor olhou tudo?"

"Claro que sim. Entrei em todos os quartos, examinei a casa de alto a baixo. Não encontrei vivalma. Não encontrei coisa alguma. Pois não havia ninguém. Ninguém tinha estado lá, exceto Bates. Faz muitos anos que mora sozinho."

"E o quarto?"

"Realmente há um quarto de frente, no segundo andar, e ele pertencia à mãe dele quando era viva. Isso confere. Na verdade, ele o conserva exatamente como era. Diz que não teria outro uso para ele, já que tem a casa toda à sua disposição. Creio que ele é um tipo estranho, esse Bates, mas quem não seria, vivendo sozinho todos esses anos?"

"Perguntou a ele sobre o que Arbogast me disse?", murmurou Sam. "Sobre ter visto a mãe quando chegou e tudo mais?"

"Claro, na mesma hora. Ele diz que é mentira – Arbogast nunca mencionou ter visto alguém. Fui um tanto duro com ele no começo, só para ver se ele escondia alguma coisa, mas a história dele faz sentido. Perguntei a ele sobre a história de Chicago também. Ainda acho que é a possibilidade mais provável."

"Não posso acreditar", disse Lila. "Por que o senhor Arbogast teria inventado essa desculpa desnecessária sobre ter visto a mãe de Bates?"

"Você vai ter de perguntar a ele, na próxima vez que o vir", encerrou o xerife Chambers. "Talvez tenha visto o fantasma da velha na janela."

"Tem *certeza* de que a mãe dele morreu?"

"Já disse que estive no enterro. Vi o bilhete que deixou para Bates, quando ela e esse tal Considine se suicidaram. O que mais você quer? Vou ter de desenterrar o corpo para você acreditar?" Chambers suspirou. "Desculpe, senhorita. Não queria me exaltar desse jeito. Mas fiz tudo o que podia. Dei uma busca na casa. Sua irmã não está lá, esse tal

Arbogast não está lá. Não encontrei nem rastro dos carros também. A resposta me parece muito simples. De qualquer maneira, fiz o que pude."

"E agora, o que me aconselha fazer?"

"Indague no escritório desse Arbogast, veja se lá sabem de alguma coisa. Quem sabe eles têm alguma pista sobre a história de Chicago. Mas acho que não vai conseguir contato com ninguém até amanhã cedo."

"Creio que tem razão." Lila se levantou. "Bem, obrigada por tudo. Sinto muito o incômodo que lhe dei."

"Estou aqui para isso. Não é, Sam?"

"Certo", respondeu Sam.

O xerife Chambers levantou-se. "Sei como se sente, senhorita", disse ele. "Gostaria de ter ajudado mais. Mas não há nada concreto para que eu possa prosseguir investigando. Se tivesse algum tipo de prova, talvez..."

"Nós compreendemos", respondeu Sam. "E somos gratos pela sua cooperação." Ele se voltou para Lila: "Vamos indo?"

"Pesquisem essa história de Chicago", gritou para eles o homenzarrão. "Até outro dia."

Os dois estavam na calçada. O sol do fim da tarde projetava sombras oblíquas. Enquanto estavam ali parados, a ponta negra da baioneta do monumento do veterano da Guerra Civil tocava a garganta de Lila.

"Quer voltar para a loja?", sugeriu Sam.

A moça sacudiu a cabeça negativamente.

"Para o hotel?"

"Não."

"Aonde gostaria de ir, então?"

"Você, eu não sei", disse Lila. "Mas eu vou para aquele motel."

Ergueu o rosto em desafio e a sombra afiada rasgou o seu pescoço. Por um momento, pareceu que alguém tinha decepado a sua cabeça...

capítulo treze

⑬

Norman sabia que viriam...

TREZE

Norman sabia que viriam, antes mesmo de os ver chegar.
Ele não sabia *quem* eles seriam, nem que aspecto teriam, nem mesmo quantos viriam. Mas sabia que viriam.
Soubera disso desde a noite da véspera, quando, deitado na cama, ouviu o desconhecido esmurrar a porta. Tinha ficado muito quieto, nem ao menos se levantara para espreitar da janela do segundo andar. Na verdade, ele até enfiara a cabeça debaixo das cobertas, enquanto esperava que o desconhecido se afastasse. Finalmente, ele se *foi*. Que sorte a mãe estar trancada no depósito de frutas. Sorte dele, sorte dela, sorte do estranho.
Mas ele soube, então, que aquele não seria o fim. E não foi. À tarde, quando estava de novo no pântano limpando os vestígios, o xerife Chambers tinha chegado.
Foi um susto para Norman rever o xerife depois de tantos anos. Lembrava-se bem dele, desde a época do pesadelo. Era assim que Norman sempre pensava sobre o tio Joe Considine, o veneno e tudo mais... Tinha sido um longo e

interminável pesadelo, desde o momento em que telefonara para o xerife, e por meses depois, até que o deixaram sair do hospício e voltar para casa outra vez.

Ver o xerife Chambers agora era como viver outra vez o mesmo pesadelo; mas as pessoas costumam ter os mesmos sonhos toda hora. O importante era lembrar que enganara o xerife na primeira vez, quando tudo tinha sido muito mais difícil. Dessa vez deveria ser mais fácil, se ele lembrasse de manter a calma. Deveria ser, e era.

Norman respondeu a todas as perguntas, deu as chaves ao xerife, deixou-o farejar a casa sozinho. Era até engraçado, de certa forma: o xerife dando busca na casa enquanto ele, Norman, estava à beira do pântano, apagando as pegadas. Era engraçado, desde que a Mãe ficasse sossegada. Se ela achasse que Norman estava no porão, se gritasse ou fizesse algum barulho, então eles teriam problemas. Mas ela não faria isso, tinha sido avisada. E o xerife não estava procurando pela Mãe. Achava que ela estava morta e enterrada.

Como o enganara da primeira vez! Sim, e agora o enganava outra vez com a mesma facilidade, pois o xerife voltou e não percebeu nada. Fez mais algumas perguntas sobre a moça e Arbogast e sobre irem para Chicago. Norman ficou tentado a inventar mais algum detalhe – talvez até dizer que a moça tinha mencionado que ficaria em um certo hotel lá –, mas, pensando melhor, achou que isso não seria prudente. Era melhor apenas manter a história que já tinha contado. O xerife acreditara nela. Quase pediu desculpas antes de ir embora.

Essa parte estava em ordem, mas Norman sabia que haveria mais. O xerife Chambers não viera somente por sua própria iniciativa. Ele não estava seguindo um palpite – nem poderia estar, pois não sabia de nada. Seu telefonema da véspera fora um aviso. Queria dizer que alguém mais sabia sobre Arbogast e a garota. Eles tinham conseguido que o xerife telefonasse. Eles mandaram o desconhecido ali na noite passada, para bisbilhotar. Eles enviaram o xerife hoje. O próximo passo seria virem eles mesmos. Era inevitável. Inevitável.

Quando Norman pensava nisso, seu coração disparava de novo. Ele queria fazer todo tipo de coisa maluca – fugir, descer ao porão e pôr a cabeça no colo da Mãe, subir ao segundo andar e puxar as cobertas por cima da cabeça. Mas nada disso adiantaria. Ele não podia fugir e deixar a Mãe, nem podia arriscar levá-la com ele, não naquelas condições. Nem ao menos podia pedir a ela consolo ou conselho. Até a semana passada, teria feito isso, mas ele não confiava mais nela, não podia confiar depois do que acontecera. E se esconder sob as cobertas não ajudaria.

Se eles viessem aqui de novo, teria de enfrentá-los. Era a única solução sensata. Simplesmente enfrentá-los, manter a história que inventara, e nada aconteceria.

Mas, enquanto isso, precisava fazer alguma coisa com o seu coração que palpitava.

Estava sentado no escritório, completamente sozinho. Alabama partira de manhã cedo e Illinois se fora logo depois do almoço. Não havia novos hóspedes. Começava a ficar nublado de novo, e se a tempestade chegasse ele não precisaria esperar mais por movimento naquele fim de tarde. Uma bebida não faria mal. Não se acalmasse o seu coração.

Norman puxou uma garrafa do armário sob o balcão. Era a segunda, das três que pusera ali há mais de um mês. Não era tão ruim; estava apenas na segunda garrafa. Beber a primeira o havia metido em toda essa confusão, mas isso não aconteceria de novo. Não agora, quando tinha certeza de que a Mãe estava segura e fora do caminho. Dali a pouco, quando ficasse escuro, ele iria preparar o jantar para ela. Quem sabe naquela noite poderiam conversar. Mas, agora, precisava de uma dose. Umas doses. A primeira não adiantava nada, a segunda é que fazia efeito. Ele estava bem calmo agora. Bem calmo. Poderia até tomar uma terceira, se quisesse.

E então ele quis mesmo, porque viu o carro entrar.

Nada que o distinguisse de qualquer outro carro: nem placa de outro estado ou coisa parecida, mas Norman soube de imediato que *eles* tinham chegado. Quando se é um médium sensitivo, você *sente* as vibrações. Você sente o seu coração palpitar. Norman então engole a bebida em um gole e fica olhando os dois saírem do carro. O homem tinha um aspecto comum, e por um instante Norman pensou se não teria se enganado. Então ele viu a moça.

Viu a moça e virou a garrafa – virou para tomar um gole rápido e para esconder o rosto ao mesmo tempo – porque essa era *a* garota.

Ela tinha voltado, saído do pântano!

Não. Não era possível. Não era isso, não podia ser. Olhe para ela de novo. Agora, na luz. Os cabelos não eram da mesma cor, na verdade. Eram de um louro acastanhado. E ela não era tão robusta. Mas se parecia com a outra o suficiente para ser irmã dela.

Sim, é claro. Era quem ela devia ser. E isso explicava tudo. Essa Jane Wilson, ou qual fosse o nome dela, fugira com o dinheiro. O detetive viera procurá-la, e agora a irmã. Era isso.

Sabia o que a Mãe faria num caso desses. Mas, graças a Deus, nunca mais correria *esse* risco. O que tinha a fazer era se apegar à sua história e eles iriam embora. Lembrar-se de que ninguém poderia achar coisa alguma, ninguém poderia provar qualquer coisa. E não havia razão para se preocupar, agora que ele sabia o que esperar.

O álcool ajudava. Ajudava a ficar pacientemente detrás do balcão, aguardando que entrassem. Podia ver os dois conversando fora do escritório, e aquilo não o incomodava. Podia ver as nuvens escuras chegando do oeste, mas isso também não o aborrecia. Ele via o céu escurecer e o esplendor do sol se render. *O esplendor do sol se render...* Ora, isso era poesia; ele era um poeta. Norman sorriu. Ele era muitas coisas. Se eles soubessem...

Mas eles não sabiam, nunca saberiam, e agora ele era só um dono de motel, gordo e de meia-idade, que piscava diante do casal que entrara e perguntava: "Posso ajudar?"

O homem se aproximou do balcão. Norman se preparou para a primeira pergunta e piscou novamente quando ele não a fez. Em vez disso, o homem disse apenas: "Gostaria de um quarto, por favor".

Incapaz de responder, Norman fez "sim" com a cabeça. Estaria enganado? Mas, não, a moça estava se aproximando, ela *era* a irmã, não havia dúvida.

"Pois não. Gostariam de..."

"Não, não é preciso. Estamos aflitos para vestir umas roupas limpas."

Mentira. A roupa deles estava impecável. Norman sorriu. "Pois não. São dez dólares o casal. Se quiserem assinar aqui e pagar agora..."

Ele empurrou o livro de registro para frente. O homem hesitou por um momento, e então escreveu. Norman tinha grande prática em ler assinaturas de cabeça para baixo. *Sr. e Sra. Sam Wright, Independence, Montana.*

Outra mentira. Ele não se chamava Wright. Mentirosos imundos, estúpidos! Pensavam ser tão inteligentes, vindo aqui e tentando armar para cima dele. Eles iam ver!

A moça fitava o registro. Não o nome que o homem acabava de escrever, mas outro nome, no alto da página. O nome de sua irmã – *Jane Wilson*, ou fosse lá o que fosse.

Ela achou que ele não tinha percebido quando apertou o braço do homem, mas ele percebeu.

"Vou lhe dar o número Um", informou Norman.

"Onde fica?", perguntou a moça.

"Lá na outra ponta."

"E o número Seis?"

O número Seis. Agora Norman se lembrava. Ele tinha escrito no livro de registro, como costumava fazer depois de cada assinatura. O número Seis era o quarto que dera à irmã, é claro. Ela havia notado nisso.

"O número Seis fica desse lado", disse ele. "Mas a senhora não iria querer esse quarto. O ventilador está quebrado."

"Ah, não precisamos de ventilador. A tempestade vem aí, logo ficará mais fresco." *Mentirosa.* "Além disso, seis é o nosso número da sorte. Nós nos casamos no dia seis desse mês." *Mentirosa suja, imunda.*

Norman encolheu os ombros. "Está bem", disse.

E *estava* tudo bem. Pensando melhor, estava ainda *melhor* do que bem. Pois se esse era o jogo desses mentirosos, se não iriam fazer perguntas, só bisbilhotar, então o número Seis era o quarto ideal. Não precisava temer que encontrassem alguma coisa lá. E ao mesmo tempo poderia ficar de olho neles. Sim, poderia ficar de olho neles. Perfeito!

Assim, ele apanhou a chave e os acompanhou até a porta do número Seis. Eram apenas alguns passos, mas já começara a ventar e fazia frio lá fora, ao crepúsculo. Ele destrancou o quarto enquanto o homem carregava a valise. Uma valise ridiculamente pequena, e isso desde Independence. *Mentirosos podres, repugnantes!*

Abriu a porta e eles entraram. "Vocês precisam de algo mais?", perguntou.

"Não, está tudo bem, obrigado."

Norman fechou a porta. Voltou para o escritório e bebeu mais uma dose. Uma bebida de congratulações a si mesmo. Seria mais fácil do que tinha imaginado. Moleza.

Então ele empurrou para o lado o quadro com o alvará e espiou o banheiro do número Seis pelo buraco.

Não estavam lá, é claro. Estavam no quarto, ao lado. Entretanto podia ouvi-los andando e de vez em quando pescava trechos da sua conversa em voz baixa. Os dois estavam procurando alguma coisa. O que era, ele não tinha ideia. A julgar pelo pouco que ouvira, nem eles tinham certeza.

"... ajudaria se soubéssemos o que estamos procurando."
Era a voz do homem.

Depois, a moça. "... se aconteceu alguma coisa, ele deve ter deixado algo escapar. Tenho certeza disso. A gente lê sobre perícias criminais... são sempre pequenos indícios que..."

De novo a voz do homem. "Mas não somos detetives. Ainda penso... melhor falar com ele... colocar as coisas às claras, assustá-lo para que confesse..."

Norman sorriu. Eles não *o* assustariam para que confessasse coisa alguma. E nem achariam nada. Ele tinha inspecionado cada canto daquele quarto, de alto a baixo. Não havia ali qualquer indício do que se passara, nem uma manchinha de sangue, nem um único fio de cabelo.

A voz dela, agora, mais próxima. "...compreende? Se ao menos *conseguíssemos* achar alguma coisa, nós poderíamos deixá-lo com medo e fazer com que ele falasse."

Agora ela estava no banheiro, ele a seguia. "Se tivermos alguma prova poderemos fazer o xerife se mexer. A Polícia Estadual faz esse tipo de trabalho de laboratório, não faz?"

Ele estava de pé na porta do banheiro, olhando *enquanto ela examinava a pia.* "Olhe só como está tudo limpo! Estou dizendo, acho melhor interrogá-lo. É a nossa única alternativa!"

Ela desapareceu do seu campo de visão. Estava examinando o boxe do chuveiro, ele podia ouvir as cortinas sendo puxadas. Vagabundazinha, ela era igualzinha à irmã, tinha de entrar no chuveiro. Pois entre! Entre e se dane!

"... nem sinal..."

Norman teve vontade de rir alto. Claro que não havia nem sinal! Ele esperou que ela saísse do boxe do chuveiro, mas ela não reapareceu. Em vez disso, ele começou a ouvir batidas surdas.

"O que está fazendo?"

O homem fez a pergunta, e Norman a repetiu. O que ela *estava* fazendo?

"Estou passando a mão aqui atrás, por trás do boxe. Nunca se sabe... Sam. Olhe! Encontrei uma coisa!"

Ela estava de pé em frente ao espelho novamente, segurando alguma coisa na mão. O que seria, o que essa vadiazinha tinha encontrado?

"Sam, é um brinco! Um dos brincos de Mary!"

"Tem certeza?"

Não, não podia ser o outro brinco. Não podia ser.

"Claro que é dela. Eu sei, pois fui eu mesma que dei esses brincos a ela, como presente de aniversário, ano passado. Em Dallas há um fabricante de joias, dono de uma lojinha escondida. A especialidade dele é fabricar peças únicas – não há duas iguais. Encomendei esses para ela. Ela achou que tinha sido uma loucura minha, mas gostava demais deles."

O homem segurava o brinco sob a luz, examinando-o enquanto ela falava.

"Ela deve ter deixado cair quando estava no chuveiro e ele foi parar atrás do boxe. A não ser que alguma coisa tenha acontec... Sam, o que foi?"

"Acho que alguma coisa aconteceu mesmo, Lila. Está vendo isto? Eu acho que é sangue coagulado."

"Oh... não!"

"Sim. Lila, você tinha razão."

A *vagabunda*. *Eram todas umas vagabundas. Ouça o que ela diz.*

"Sam, temos de entrar naquela casa. *Temos* de entrar."

"Esse é um trabalho para o xerife."

"Ele não acreditaria em nós, mesmo que lhe mostrássemos o brinco. Diria que ela caiu, bateu a cabeça no chuveiro, ou coisa parecida."

"Talvez tivesse razão."

"Sam, você acredita nisso? Acredita mesmo?"

"Não." Ele suspirou. "Não acredito. Mas isso ainda não prova que Bates tenha qualquer coisa a ver com – com o que quer que tenha acontecido aqui. Só o xerife poderá investigar."

"Mas o xerife não vai fazer nada, eu sei que ele não vai! Nós teríamos de ter algo que realmente o convencesse, alguma coisa da casa. Eu sei que podemos achar algo lá."

"Não. É muito perigoso."

"Então vamos falar com Bates, mostrar isso a ele. Talvez possamos fazê-lo falar."

"Talvez sim, talvez não. Se ele *estiver* envolvido, acha que vai se atrapalhar e confessar? O melhor a fazer é irmos agora mesmo em busca do xerife."

"E se Bates desconfiar? Se nos vir sair, pode tentar a fuga."

"Ele não desconfia de nós, Lila. Mas se você está preocupada, podemos telefonar..."

"O telefone fica no escritório. Ele ouviria." Lila parou por um momento. "Escute, Sam. Deixe que *eu* vou procurar o xerife. Você fica aqui e fala com Bates."

"E o acuso?"

"Claro que não! Vá conversar com ele enquanto eu vou. Diga que precisei ir à farmácia na cidade, qualquer coisa para que ele não se alarme e fique onde está. Então podemos nos certificar das coisas."

"Está bem..."

"Me dê o brinco, Sam."

As vozes se desvaneceram, pois estavam indo de volta para o quarto. As vozes sumiram, mas as palavras ficaram. O homem ficaria enquanto *ela* saía em busca do xerife. Era o que iria acontecer. E ele não poderia impedi-la. Se a Mãe estivesse ali, ela a deteria. Deteria ambos. Mas a Mãe não estava ali. Estava trancada no depósito de frutas no porão.

Sim, e se a vadiazinha mostrasse ao xerife o brinco com sangue, ele viria e descobriria a Mãe. Mesmo que não a achasse no porão, poderia começar a imaginar coisas. Durante vinte anos ele nem sonhara com a verdade, mas agora o faria. Ele poderia fazer a única coisa que Norman sempre receara. Poderia descobrir o que realmente acontecera na noite em que tio Joe Considine morrera.

Mais ruídos vinham da porta ao lado. Norman endireitou depressa o quadro com o alvará. Tornou a apanhar a garrafa. Mas não houve tempo para outro gole, não agora. Porque ele ouviu a porta bater, eles estavam saindo do número Seis, ela se encaminhando para o carro e ele para o escritório.

Norman se voltou para encarar o homem, imaginando o que ele iria dizer.

Mas ele pensava muito mais no que o xerife faria. *O xerife poderia ir ao Cemitério de Fairvale e abrir o túmulo da Mãe. E quando o abrisse, quando visse o caixão vazio, ele saberia o grande segredo.*

Saberia que a Mãe estava viva.

Norman sentia as pancadas no peito, pancadas abafadas pelo estrondo do primeiro trovão quando o homem abriu a porta e entrou.

Por um momento, Sam teve a esperança...

capítulo quatorze

⑭

QUATORZE

Por um momento, Sam teve a esperança de que o trovão repentino abafaria o ruído da partida do carro. Depois, percebeu que Bates estava de pé junto à ponta do balcão. Daquela posição ele podia ver toda a aleia de entrada e mais meio quilômetro de estrada. Portanto não fazia sentido fingir que ignorava a partida de Lila.

"Com licença, um minutinho?", perguntou Sam. "Minha mulher foi à cidade. Acabaram-se os cigarros."

"Costumava ter uma máquina de cigarros aqui", respondeu Bates. "Mas havia pouca procura, então eles tiraram." Seu olhar passava por cima do ombro de Sam e estava fixo no lusco-fusco lá fora. Sam sabia que ele observava o carro seguir pela estrada. "Uma pena que ela tenha de ir tão longe. Parece que vai cair um temporal daqui a alguns minutos."

"Por aqui chove muito?" Sam sentou-se no braço de um sofá puído.

"Um bocado!", assentiu Bates, absorto. "Acontece de tudo por aqui."

O que ele queria dizer com aquela frase? Sam o examinou na luz fraca. Por trás dos óculos, os olhos daquele homem gordo pareciam ausentes. De repente, as narinas de Sam captaram um indiscreto odor de álcool, e ao mesmo tempo ele notou a garrafa na ponta do balcão. Ali estava a explicação: Bates estava um pouco bêbado. Apenas o suficiente para imobilizar a sua expressão, não o bastante para lhe afetar a vigilância. Ele percebeu que Sam olhava a garrafa de uísque.

"Quer um trago?", perguntou. "Ia tomar uma dose quando o senhor entrou."

Sam hesitou. "Bem..."

"Eu lhe arranjo um copo. Tem um aqui embaixo, em algum lugar..." Ele se inclinou atrás do balcão e emergiu com um copo pequeno. "Eu geralmente não me preocupo com eles. Nem costumo beber quando estou de serviço. Mas, com essa umidade chegando, uma bebidinha ajuda, especialmente quando se tem reumatismo, como eu."

Ele encheu o copo e o empurrou através do balcão. Sam levantou-se e foi até ele.

"Além disso, hoje não virá mais ninguém, com essa chuva. Olhe como está forte!"

Sam voltou-se. Chovia torrencialmente. Ele não podia ver mais do que alguns metros à frente. Estava ficando escuro, mas Bates não fez menção de acender as luzes.

"Vamos, beba e sente-se um pouco", disse Bates. "Não se preocupe comigo. Gosto de ficar de pé."

Sam voltou para o sofá. Olhou o relógio. Fazia oito minutos que Lila saíra. Mesmo com a chuva, ela chegaria a Fairvale em menos de vinte minutos. Mais dez para achar o xerife... digamos quinze, que era o mais certo... Mais vinte para voltar... Em todo caso, levaria mais de três quartos de hora. Era muito tempo para encher com conversa fiada. Sobre o que poderia falar?

Sam ergueu o copo, Bates estava tomando um gole da garrafa, fazendo barulho ao engolir.

"Deve ser solitário viver aqui, às vezes", principiou Sam.

"É verdade." A garrafa fez um som surdo ao bater no balcão. "Bem solitário."

"Mas, por outro lado, imagino que deve ser interessante, também. Aposto que você encontra todo tipo de gente, num lugar como esse."

"As pessoas chegam e partem. Não presto muita atenção. Depois de certo tempo você mal vê."

"Está aqui há muitos anos?"

"Mais de vinte, na direção do motel. Mas sempre morei aqui. Toda a vida."

"E dirige o motel sozinho?"

"Isso mesmo." Bates rodeou o balcão, trazendo a garrafa. "Deixe eu encher o seu copo."

"Eu realmente não devo."

"Não vai lhe fazer mal. Não vou contar para a sua mulher." Bates riu. "Não gosto de beber sozinho."

Ele serviu e voltou para trás do balcão.

Sam se recostou. O rosto do homem era só uma mancha cinzenta na escuridão crescente. De novo soou o trovão, mas não havia raios. Lá dentro, tudo parecia calmo e sossegado.

Olhando para esse homem, ouvindo o que dizia, Sam começou a sentir vergonha de si mesmo. Ele parecia tão *comum!* Difícil imaginar que estivesse metido em algo desse tipo!

E afinal no que ele estava metido, se é que estava? Sam não sabia. Mary tinha roubado o dinheiro, Mary passara a noite ali, perdera um brinco no chuveiro. Mas poderia ter batido a cabeça em algum lugar, poderia ter machucado a orelha quando o brinco saiu. Sim. E podia ter ido para Chicago, exatamente como Arbogast e o xerife pensavam. Ele não sabia muito sobre Mary, na verdade. De certa forma, parecia conhecer melhor a irmã. Uma boa moça, mas muito nervosa, muito impulsiva. Sempre fazendo juízos e tomando decisões apressadas. Como, por exemplo, essa ideia de dar uma busca na casa de Bates. Ainda bem que ele a tinha convencido a desistir. Deixe ela trazer o xerife. Talvez até isso fosse um erro. O jeito de Bates se comportar não era o de um homem que tivesse algum peso na consciência.

Sam se lembrou de que deveria estar conversando. Inútil ficar ali sentado sem tentar nada.

"O senhor tinha razão", comentou. "A chuva está muito forte."

"Eu gosto do barulho da chuva", disse Bates. "Gosto quando cai com força. É excitante."

"Nunca pensei nela assim. Acho que vocês devem sentir falta de excitação por aqui."

"Não sei. Nós temos a nossa cota."

"A nossa? Pensei que tinha dito que morava sozinho."

"Eu disse que dirigia o motel sozinho. Mas ele é de nós dois: meu e da minha Mãe."

Sam quase se engasgou com o uísque. Baixou o copo, apertando-o com força nos dedos. "Eu não sabia..."

"Claro que não. Como poderia saber? Ninguém sabe. Ela fica sempre em casa. Tem de ficar. Sabe, a maior parte das pessoas pensa que ela morreu."

A voz era calma. Sam não via o rosto de Bates no escuro, mas sabia que ele também estava calmo.

"Na verdade, agora *há* uma certa excitação por aqui. Como há vinte anos, quando a Mãe e o tio Joe Considine tomaram veneno. Chamei o xerife e ele veio. A Mãe deixou um bilhete explicando tudo. Depois se fez um inquérito, mas eu não fui. Estava doente. Muito doente. Fui levado para um hospital. Fiquei muito tempo no hospital. Tanto tempo que, quando saí de lá, já quase não podia fazer nada. Mas eu consegui."

"Conseguiu?"

Bates não respondeu, mas Sam ouviu o som dos goles na garganta e em seguida o baque da garrafa.

"Vamos", disse Bates. "Deixe eu lhe servir mais uma."

"Ainda não."

"Faço questão." Ele estava contornando o balcão, seu vulto sombrio se aproximando de Sam. Ele estendeu a mão para pegar o copo.

Sam puxou o copo para trás. "Primeiro conte o resto", disse rapidamente.

Bates se deteve. "Oh, sim. Eu trouxe a Mãe para casa comigo. Essa foi a parte mais excitante. Imagine: ir de noite ao cemitério e abrir a cova. Ela tinha ficado tanto tempo fechada no caixão, que a princípio pensei que realmente *estava* morta. Mas não estava, é claro. Não podia estar. Ou não teria se comunicado comigo todo o tempo que passei internado no hospital. Ela estava em um transe, o que chamamos de vida suspensa. Eu sabia como fazer com que revivesse. *Existem* maneiras para isso, você sabe, embora alguns chamem de magia. Magia... é só um rótulo, como sabe. Não tem a menor significação. Não faz muito tempo, as pessoas diziam que a eletricidade era magia. Na verdade, é uma força: uma força que pode ser controlada, quando se conhece o segredo. A vida também é uma força, uma força vital. E, como a eletricidade, pode ser ligada e desligada, ligada e desligada. Eu a desliguei, mas sabia como tornar a ligar. Está compreendendo?"

"Sim... É muito interessante."

"Pensei que poderiam se interessar. O senhor e a moça. Ela não é sua mulher, na verdade, é?"

"Por que..."

"Como vê, sei mais do que pensa que sei. E mais do que o *senhor* mesmo sabe."

"Senhor Bates, o senhor tem certeza de que está bem? Quero dizer..."

"Sei o que quer dizer. Pensa que estou bêbado, não é? Mas eu não estava, quando o senhor chegou. Não estava quando encontrou o brinco e mandou a moça procurar o xerife."

"Eu..."

"Sente-se, fique quieto. Não se assuste. Eu não estou assustado, estou? E eu estaria, se houvesse algo errado. Mas nada está errado. Acha que eu lhe diria tudo isso se houvesse alguma coisa errada?" Ele fez uma pausa. "Não. Esperei até que a vi dirigir para a estrada. Esperei até que a vi parar."

"Parar?" Sam tentou enxergar o rosto dele no escuro, mas só podia ouvir a sua voz.

"Sim. Não sabia que ela tinha parado, sabia? Pensou que ela tinha ido direto ao xerife, como lhe disse. Mas ela tem vontade própria. Lembra o que ela queria fazer? Queria dar uma olhada na casa. E foi isso o que fez. É lá que ela está, agora."

"Deixe-me sair..."

"Claro. Não o estou impedindo. Só pensei que gostaria de tomar mais uma bebida, enquanto acabo a história da Mãe. Pensei que o senhor gostaria de saber por causa da moça. Agora ela deve ter encontrado a Mãe."

"Saia do caminho!"

Sam se levantou, num salto, e o vulto indistinto recuou.

"Então não quer mais uma dose?" A voz de Bates era petulante, atrás de Sam. "Pois muito bem. Faça como qui..."

O fim da sentença se perdeu no trovão, e o trovão se perdeu na treva quando Sam sentiu a garrafa explodir no seu crânio. Depois a voz, o trovão e o próprio Sam desapareceram na noite...

Ainda era noite, mas alguém o sacudia, sacudia sem parar. Sacudia para fora da noite e para dentro do quarto onde a luz ofuscava, ferindo seus olhos e o fazendo piscar. Mas Sam podia sentir agora braços que o enlaçavam e levantavam, de modo que a cabeça parecia que iria cair no chão. Então ela só latejava, latejava, e ele podia abrir os olhos e ver o xerife Chambers.

Sam estava sentado no chão, junto ao sofá, e Chambers olhava para ele. Sam abriu a boca.

"Graças a Deus", balbuciou. "Ele estava mentindo sobre Lila. Ela conseguiu falar com o senhor."

O xerife parecia não estar ouvindo. "Faz meia hora que me telefonaram do hotel. Queriam localizar seu amigo Arbogast. Parece que ele fez o *check-out*, mas não levou as malas com ele. Deixou-as na recepção no sábado de manhã, disse que voltaria para buscá-las, e nunca mais apareceu. Comecei a pensar no caso e resolvi procurar você. Tive um palpite de que você podia estar aqui por sua própria conta... Ainda bem que acreditei nele."

"Quer dizer que Lila não o avisou de nada?" Sam tentou ficar de pé. Sua cabeça parecia rachar de dor.

"Calma, calma." O xerife o empurrou para trás. "Não, eu não a vi. Espere..."

Mas dessa vez Sam conseguiu ficar de pé, cambaleando.

"O que aconteceu?", resmungou o xerife. "Onde está Bates?"

"Deve ter ido para casa depois que me acertou", disse Sam. "Eles estão lá, ele e a mãe."

"Mas ela morreu..."

"Não, não morreu", disse Sam. "Ela está viva, e os dois estão lá em cima na casa, com Lila!"

"Vamos ver!" E o homenzarrão saiu para a chuva. Sam o seguiu, escorregando no caminho liso, ofegando ao iniciarem a íngreme subida que levava para a casa, por trás do motel.

"Tem certeza?", perguntou-lhe o xerife, por cima do ombro. "Lá está tudo escuro."

"Tenho certeza", bufou Sam. Mas bem que podia ter economizado o fôlego.

O trovão ribombou com força, e o outro som era mais fraco e muito mais estridente. Mas os dois o ouviram e, de alguma maneira, reconheceram o que era.

Era Lila gritando.

quinze ⑮

Lila subiu os degraus e chegou à varanda bem na hora...

PSICO

ROBERT BLOCH

QUINZE

Lila subiu os degraus e chegou à varanda bem na hora em que a chuva desabou.

A casa era velha e sua estrutura de madeira era gasta e cinzenta à meia-luz da tormenta que se aproximava. O assoalho da varanda rangia sob seus pés e ela podia ouvir o vento chacoalhando os caixilhos das janelas do primeiro andar.

Bateu na porta com raiva, sem esperar resposta alguma do interior. Já não esperava que alguém fizesse o que quer que fosse.

A verdade era que ninguém mais realmente *se importava*. Não ligavam para Mary, nenhum deles. O senhor Lowery só queria seu dinheiro de volta e Arbogast estava só fazendo o seu trabalho, tentando encontrá-lo para ele. Quanto ao xerife, tudo o que ele queria era evitar confusão. Mas era a conduta de Sam que a deixava mais transtornada.

Lila bateu de novo, e a casa gemeu um eco cavernoso, o som da chuva abafou. Ela não se deu ao trabalho de tentar ouvir melhor.

Muito bem, ela *estava* zangada, tinha de reconhecer – e por que não estaria? Uma semana ouvindo *tenha calma*, *relaxe, seja paciente.* Se tivesse seguido a opinião deles, ainda estaria em Fort Worth, nem ao menos teria vindo até aqui. Mas ela achava que poderia contar com o auxílio de Sam.

Deveria ter pensado melhor. Sam parecia um bom sujeito, de certo modo era até atraente, mas tinha aquele jeito lerdo, cauteloso e conservador de caipira. Ele e o xerife faziam um bom par. *Não se arrisque* – era o lema deles.

Pois bem, não era o dela. Não depois que achou o brinco. Como Sam podia dar de ombros e dizer que fosse procurar o xerife? Por que simplesmente não pegou Bates e deu-lhe uma surra até que confessasse? Era o que ela teria feito se fosse homem. Uma coisa era certa: estava farta de depender dos outros; de outros que não ligavam, que só queriam evitar aborrecimentos. Ela não contava mais com Sam, e certamente não contava com o xerife.

Se não tivesse ficado tão zangada, não estaria fazendo aquilo, mas estava enjoada da cautela deles, cheia das suas teorias. Tem horas que precisamos parar de analisar e confiar nas nossas emoções. Foi emoção pura – frustração, para ser exata – que a tinha mantido naquela busca desesperada, até encontrar o brinco de Mary. E devia haver alguma coisa na casa. *Tinha* de haver. Ela não seria tola, iria manter a calma, mas investigaria por conta própria. Depois haveria tempo suficiente para Sam e o xerife agirem.

Só pensar no comodismo deles fazia com que sacudisse a maçaneta. Não adiantava. Não havia ninguém em casa para atender, ela sabia. E ela queria entrar. O problema era esse.

Lila enfiou a mão na bolsa. Todas aquelas velhas piadas sobre como bolsa de mulher tem de tudo – o tipo de piadas que jecas como Sam e o xerife gostavam. Lixa de unhas? Não. Não servia. Mas sabia que, não lembrava como, tinha guardado na bolsa uma chave-mestra. Devia estar no porta-níqueis, que ela nunca usava. Isso, ali estava.

Chave-mestra. Porque esse nome? Por que abria todas as fechaduras? Que importava isso? Agora não podia pensar em problemas de filologia. Seu único problema era verificar se a chave funcionava.

Ela inseriu a chave na fechadura e virou. A fechadura resistiu. Virou a chave em sentido contrário. Quase servia, mas havia qualquer coisa...

De novo, a raiva veio em seu auxílio. Torceu violentamente a chave. A ponta quebrou com um ruído seco, mas a fechadura cedeu. Ela virou a maçaneta e sentiu a porta se mover. Estava aberta.

Lila entrou no vestíbulo. Estava mais escuro do que na varanda. Mas deveria haver um interruptor em algum lugar ao longo da parede.

Ela o encontrou e acendeu a luz. A lâmpada do teto, sem luminária, dava uma claridade débil, doentia, contra o fundo de papel de parede descascado. O que eram aqueles desenhos – cachos de uvas, violetas? Pavorosos. Coisas do século passado.

Um olhar de relance na sala confirmou a impressão. Lila não quis entrar. As salas do andar térreo poderiam ficar para mais tarde. Arbogast tinha dito que vira alguém espiando de uma janela no andar de cima. Era por lá que deveria começar.

Na escada não havia interruptor. Subiu devagar, tateando o corrimão. Ao chegar ao patamar, o trovão estrondou. A casa inteira pareceu chacoalhar. Lila sentiu um tremor involuntário, depois relaxou. Foi sem querer, disse a si mesma. Perfeitamente natural. Certamente, não havia nada capaz de assustar alguém naquela casa vazia. Agora podia acender a luz no vestíbulo de cima. O papel que forrava as paredes era listrado de verde, e se *aquilo* não a assustasse, nada mais assustaria. Era apavorante!

Ela tinha de escolher qual de três portas entrar. A primeira levava ao banheiro. Lila nunca tinha visto nada assim, a não ser em um museu; não, ela se corrigiu, pois os museus não expõem banheiros. Mas deveriam fazer uma exposição desse aqui. Uma banheira com pés, encanamentos à vista sob o lavatório e o vaso sanitário, e, logo acima deste, suspensa do teto alto, balançava-se a corrente da caixa de descarga. Havia um pequeno espelho manchado acima da pia, mas nem sinal de armário por trás. Adiante, o armário, cheio de toalhas e roupa de cama. Remexeu as prateleiras apressadamente; o seu conteúdo nada revelou, exceto que Bates provavelmente mandava lavar a roupa fora. Os lençóis estavam perfeitamente passados e dobrados com capricho.

Escolheu a segunda porta e acendeu a luz. Outra lâmpada fraca e nua no teto, mas a luz era suficiente para que pudesse ver o quarto. O dormitório de Bates – estranhamente exíguo, estranhamente apertado, com um estrado mais apropriado para um menino do que para um homem. Provavelmente ele sempre havia dormido ali, desde criança. A cama estava em desordem, com sinais de ter sido ocupada recentemente. Em um canto, junto do armário, havia uma escrivaninha – uma dessas horríveis antiguidades revestida em carvalho escuro com puxadores corroídos. Lila não teve escrúpulo em remexer nas gavetas.

A de cima continha lenços e gravatas, na maioria suja. As gravatas eram largas e fora de moda. Ela achou um prendedor de gravata em uma caixa de onde, aparentemente, nunca fora retirado, e dois pares de abotoaduras. A segunda gaveta era de camisas; a terceira, de meias e roupa íntima. A última continha roupas brancas amarfanhadas, que ela finalmente – sem poder acreditar – identificou como camisolas. Talvez ele também usasse touca de dormir. Realmente, a casa era mesmo um museu!

Era estranho que não tivesse encontrado lembranças pessoais – não havia cartas nem fotografias. Talvez ele as guardasse na escrivaninha lá no motel. Era o mais provável.

Lila voltou sua atenção para os retratos na parede. Eram dois. O primeiro mostrava um menino pequeno montado em um pônei; o segundo, o mesmo menino diante de uma escola rural, com cinco outras crianças, todas meninas. Lila precisou de algum tempo para identificar o garoto como Norman Bates. Tinha sido muito magro quando criança.

Nada mais restava, exceto o armário das roupas e as duas grandes prateleiras no canto. A vistoria do armário foi rápida. Continha dois ternos pendurados nos cabides, uma jaqueta, um sobretudo e um par de calças usadas, manchadas de tinta. Não havia nada nos bolsos das roupas. Dois pares de sapatos e um par de chinelos no assoalho completavam o vestuário.

Agora, as prateleiras.

Lila ficou intrigada e perplexa, contemplando a composição da biblioteca de Norman Bates. *Um Novo Modelo do Universo, A Extensão da Consciência, O Culto da Bruxaria na Europa Ocidental, Dimensão e Ser*... Estes não eram livros de um menino, e também pareciam deslocados na casa do proprietário de um motel rural. Lila vasculhou as prateleiras rapidamente. Psicologia anormal, ocultismo, teosofia... Uma tradução de *Là-Bas* – romance sobre satanismo de Joris-Karl Huysmans – e outra de *Justine*, uma das primeiras novelas do Marquês de Sade. E ali, na prateleira de baixo, um sortimento indistinto de volumes sem título, mal encadernados. Puxou um ao acaso e o abriu. A figura que saltou à vista era quase patologicamente pornográfica.

Recolocou depressa o livro no lugar e se ergueu. O choque de repugnância que sentira se dissipou, dando lugar a uma segunda reação, mais violenta. Ali havia alguma coisa, tinha de haver. O que ela não pudera ler na cara sem graça, gorda e comum de Norman Bates, agora se mostrava com toda clareza em sua biblioteca.

Franzindo o cenho, retornou ao vestíbulo. A chuva caía forte no telhado e o trovão roncava quando abriu a terceira porta, almofadada. Por um momento ficou imóvel olhando o escuro, inalando o cheiro enjoativo, misto de mofo, perfume rançoso... e o que mais?

Apertou o botão do interruptor junto da porta e soltou uma exclamação abafada.

Aquele era o quarto da frente, sem dúvida. O xerife tinha dito que Bates o conservava exatamente como era desde a morte da mãe. Mas Lila não estava preparada para a realidade que encontrou.

Não estava preparada para entrar em outra época. E, no entanto, ela estava lá, de volta ao mundo como fora muito antes do seu nascimento.

A decoração daquele quarto já era antiquada muitos anos antes da morte da mãe de Bates. Ela achava que quartos como aquele não existiam há cinquenta anos. Um quarto que pertencia a um mundo de relógios de bronze dourado, estatuetas de porcelana, almofadinhas para alfinetes feitas de sachês perfumados, tapetes vermelhos, cortinas ornadas de borlas, penteadeiras com tampos pintados e camas com dossel; um quarto com cadeiras de balanço, gatos de porcelana, colchas bordadas a mão e cadeiras excessivamente estofadas e encapadas.

E ainda estava vivo.

Era isso o que fazia com que se sentisse viajando no tempo e no espaço. No andar térreo, havia restos de um passado que a decadência devastara; no segundo andar, tudo era abandono e feiura. Mas aquele quarto era controlado, consistente, coerente – uma entidade vital e funcional, completa em si mesma. Absolutamente limpo, imaculadamente isento de poeira e perfeitamente organizado. Quando se ignorava o cheiro de bolor, não se tinha a impressão de estar em um museu ou em uma exposição. O quarto *estava* vivo, como qualquer quarto em que se viveu por muito tempo. Mobiliado havia cinquenta anos, vago e intocado desde a morte da sua ocupante há vinte anos, ainda se diria que era o quarto de uma pessoa viva. Um quarto no qual, na véspera, uma mulher se sentara junto da janela e olhara para fora...

Não há fantasmas, Lila disse a si mesma. Franziu a testa ao perceber que tinha sido necessário negar para si. E, no entanto, ela podia sentir uma presença viva ali.

Foi até o closet. Casacos e vestidos ainda estavam pendurados em sequência ordenada, embora algumas roupas estivessem sem forma e amarfanhadas por não terem sido passadas a ferro há muito tempo. Ali estavam as saias curtas, usadas há um quarto de século; sobre a prateleira, chapéus enfeitados, echarpes, vários xales, do tipo usado por senhoras no interior. No fundo, um nicho vazio, talvez destinado a guardar malas. E era tudo.

Lila começou a examinar a penteadeira, depois parou junto à cama. A colcha, bordada a mão, era linda; passou a mão pelo tecido e depois a retirou rapidamente.

A colcha estava firmemente presa sob o colchão, nos pés da cama, e caía sem uma ruga de ambos os lados. Na cabeceira, porém, estava em desordem. Tinha sido enfiada, sim, sob o colchão, mas às pressas, sem cuidado, de modo que centímetros dos travesseiros apareciam; da maneira como se arruma uma cama quando está com pressa.

Ela arrancou a colcha e puxou as cobertas. Os lençóis, de um cinzento encardido, estavam pontilhados de manchinhas pardas. A cama e o travesseiro traziam uma leve, mas inconfundível, marca, feita por um recente ocupante. Ela podia delinear o contorno do corpo no lençol e havia uma funda cavidade no centro do travesseiro, na qual as manchinhas pardas se adensavam.

Não há fantasmas, Lila disse a si mesma outra vez. Aquele quarto era ocupado. Bates não dormia ali – sua cama mostrava isso. Mas alguém estivera dormindo, alguém tinha ficado olhando para fora da janela. *E se tinha sido Mary, onde ela estava agora?*

Poderia revistar todo o quarto, vasculhar as gavetas, procurar lá embaixo. Mas isso não era importante no momento. Havia algo que ela tinha de fazer antes, se conseguisse lembrar. *Onde estava Mary, agora?*

Então ela se deu conta.

O que tinha dito mesmo o xerife Chambers? Que ele encontrara Norman Bates na mata atrás da casa catando lenha?

Lenha para a caldeira. Sim, era isso. A *caldeira era no porão...*

Lila se voltou e disparou escada abaixo. A porta da frente continuava aberta e o vento entrava gemendo. Estava aberta porque ela usara a chave-mestra para abri-la. Agora sabia por que ela estava tão zangada desde que encontrara o brinco. Estava com raiva porque estava com medo, e a raiva servia para ocultar o medo. O medo do que acontecera a Mary, do que *sabia* ter acontecido a Mary lá embaixo no porão. Era por Mary que sentia medo, não por si mesma. Ele a prendera a semana toda, talvez a tivesse torturado, talvez tivesse feito com ela o que aquele homem estava fazendo naquele livro asqueroso, ele a torturaria até descobrir o que ela fizera com o dinheiro, e então...

O porão. Ela tinha de encontrar o porão.

Foi tateando pelo vestíbulo do térreo e entrou na cozinha. Achou o interruptor, levou um susto com o bichinho peludo agachado à sua frente na prateleira, pronto para saltar. Mas era um esquilo empalhado, os olhos de botão estupidamente vivos sob o reflexo da lâmpada do teto.

A escada do porão estava bem à frente. Tateou a parede até que sua mão encontrou outro interruptor. A luz se acendeu lá embaixo, apenas um clarão fraco e vacilante nas profundezas do escuro. O trovão roncava, em contraponto às batidas dos seus saltos.

A lâmpada nua se balançava por um fio bem em frente à caldeira. Era uma caldeira grande, com uma porta de ferro, pesada. Lila parou ali, olhando para ela. Estava tremendo, admitia agora para si mesma; poderia admitir qualquer coisa agora. Tinha sido uma tola vindo ali sozinha, uma tola por ter feito o que fizera, uma tola por fazer o que estava fazendo. Mas tinha de fazer, por Mary. Tinha de abrir a porta da caldeira e ver o que sabia que estaria escondido dentro. *Meu Deus, e se ainda houvesse fogo? E se...*

Mas a porta estava fria. Não havia nenhum calor na máquina, nenhum calor no interior escuro e vazio atrás da porta. Ela se inclinou para frente, espiando, sem nem tentar usar o atiçador. Não havia cinzas, nem cheiro de queimado, nada, absolutamente. A menos que tivesse sido limpa recentemente, a fornalha não fora usada desde a primavera.

Lila deu-lhe as costas. Viu as antigas tinas de lavar roupa, a mesa e a cadeira além delas, junto à parede. Havia garrafas em cima da mesa, ferramentas de carpinteiro, mais um sortimento de facas e agulhas. Algumas facas eram estranhamente curvas e várias agulhas estavam ligadas a seringas. Atrás delas, havia uma pilha de blocos de madeira, arame grosso e grandes fragmentos disformes de uma substância branca que ela não pôde identificar. Um dos maiores lembrava o molde de gesso que ela usara ainda criança, quando quebrou uma perna. Lila aproximou-se da mesa, concentrada, olhos fixos nas facas, intrigada.

Então ela ouviu o som.

Primeiro pensou que era o trovão, mas depois ouviu os rangidos acima da sua cabeça, e soube.

Alguém entrara na casa. Alguém passava pelo vestíbulo na ponta dos pés. Seria Sam? Teria vindo à sua procura? Então por que não a chamava?

E por que ele fechara a porta do porão?

Ela pôde ouvir o estalido da fechadura e o rumor de passos se afastar para outra extremidade do vestíbulo. O intruso devia estar subindo a escada para o segundo andar.

Estava trancada no porão. E não havia saída. Nem saída, nem esconderijo. Todo o porão era visível para qualquer pessoa que descesse a escada. E não tardaria até que alguém descesse a escada. Ela sabia, agora.

Se pudesse ficar escondida um instantinho, então quem viesse procurá-la teria de descer todos os degraus até o chão do porão. E ela teria a chance de correr escada acima.

O melhor lugar seria o próprio vão da escada. Se ela pudesse se cobrir com alguns trapos ou jornais velhos...

Então Lila viu a manta pregada na parede. Era uma manta índia, grande, velha e rasgada. Puxou-a, e o tecido podre se desprendeu dos pregos que a mantinham no lugar. Caiu da parede e da porta.

A porta. A manta a tapava completamente, mas deveria haver um quarto por trás dela, provavelmente um daqueles antigos depósitos de frutas. Aquele seria o lugar ideal para alguém se esconder e esperar.

E ela não teria de esperar muito. Pois agora já ouvia o fraco, distante som de passos descendo para o vestíbulo, caminhando pela cozinha.

Lila abriu a porta do depósito de frutas.

Foi aí que ela gritou.

Gritou ao ver a velha deitada ali, uma velha emaciada, de cabelos brancos, com o rosto enrugado e escuro, arreganhava os dentes para ela, num sorriso obsceno.

"Senhora Bates!", gritou Lila.

"*Sim.*"

Mas a voz não estava saindo das mandíbulas fundas, endurecidas. Veio de algum lugar por trás dela: do topo da escada do porão, onde o vulto estava.

Lila se voltou para encarar a figura gorda, disforme, meio escondida no vestido justo desajeitadamente puxado por cima de outras roupas. Viu o xale como uma mortalha, sombreando a cara branca, pintada, abobada sob ele. Encarou os lábios de um vermelho espalhafatoso, viu-os se abrirem em uma careta convulsiva.

"*Eu sou Norma Bates!*", guinchou a voz alta e estridente. E então uma mão esticada à frente, a mão que empunhava a faca, os passos descendo a escada, e outros pés correndo, e Lila gritou outra vez quando Sam surgiu e a faca subiu, rápida como a morte. Sam agarrou e torceu a mão que a empunhava, torceu-a por trás até que a faca caiu no chão.

Lila fechou a boca, mas o grito continuava. Era o grito insano de uma mulher histérica, e saía da garganta de Norman Bates.

capítulo dezesseis

(16) ROB

A retirada dos carros e dos corpos do pântano...

DEZESSEIS

A retirada dos carros e dos corpos do pântano levou quase uma semana. A Polícia Rodoviária do distrito teve de trazer uma draga e um guincho, mas conseguiu dar conta do trabalho. Eles acharam o dinheiro, também, no interior do porta-luvas. Estranhamente, não tinha sequer uma mancha de barro, nem uma mancha.

Quando terminaram com o pântano, os homens que tinham assaltado o banco de Fulton foram capturados em Oklahoma. Mas a notícia rendeu menos de meia coluna no *Weekly Herald* de Fairvale. A primeira página foi quase toda dedicada ao caso Bates. As agências de notícias Associated Press e United Press imediatamente entraram na história, e também saiu bastante na televisão. Alguns textos compararam a história ao caso Ed Gein,[1] ocorrido mais ao norte

---

[1] Ed Gein foi preso no Wisconsin, em 1957, por ter assassinado duas mulheres. Tinha uma relação doentia com uma mãe dominadora e fazia experimentos e objetos com os corpos de vítimas e de cadáveres retirados do cemitério. Sua história inspirou *Psicose* e os filmes *O Massacre da Serra Elétrica* (1974) e *O Silêncio dos Inocentes* (1991). [NE]

alguns anos antes. Eles se esmeraram na descrição daquela "casa dos horrores" e apostaram tudo na suposição de que Norman Bates vinha assassinando hóspedes há anos. Exigiram uma investigação completa de cada pessoa desaparecida naquela área durante as duas últimas décadas e insistiram na dragagem de todo o pântano, para ver se descobririam outros cadáveres.

Claro, não seriam os repórteres que teriam de pagar os custos desse projeto.

O xerife Chambers concedeu inúmeras entrevistas, muitas das quais foram publicadas na íntegra – duas com fotografias. Prometeu investigar completamente todos os aspectos do caso. O promotor público pediu um julgamento rápido (as eleições começariam em outubro) e nada fez para contradizer os boatos em circulação, que pintavam Norman Bates como culpado de canibalismo, satanismo, incesto e necrofilia.

Na verdade, ele nunca sequer tinha falado com Bates, que estava temporariamente confinado, para observação, no Hospital Estadual.

Os autores dos boatos também não conheciam Norman Bates, mas isso não importava. Muito antes de acabar a semana, começou a parecer que, virtualmente, toda a população de Fairvale, para não falar de todo o sul do condado, tinha conhecido Norman Bates pessoal e intimamente. Alguns tinham até sido colegas de escola dele quando menino e "já naquela época o comportamento dele era muito esquisito". Muitos o tinham "visto naquele seu motel" e também garantiam que sempre tinham "suspeitado" dele. Havia ainda os que se lembravam da mãe dele e de Joe Considine, e tentavam ressaltar que sempre "souberam que havia algo errado quando aqueles dois se suicidaram", mas naturalmente fofocas repulsivas de vinte anos atrás pareciam emboloradas em comparação com as revelações mais recentes.

O motel, é claro, foi fechado – o que parecia uma pena, de certa forma, já que passou a atrair um número interminável de curiosos, ávidos por detalhes mórbidos. Certamente uma boa porcentagem deles gostaria de se hospedar lá, e um ligeiro aumento das diárias teria sem dúvida compensado a perda de toalhas que indubitavelmente seriam surripiadas como suvenires daquela ocasião especial. Mas a Polícia Rodoviária Estadual guardava o motel e a casa à sua retaguarda.

Até Bob Summerfield notou um aumento de negócios na loja de ferragens. Todo mundo queria falar com Sam, mas ele foi passar parte da semana seguinte com Lila em Fort Worth, e de lá deu um pulo até o Hospital Estadual, onde três psiquiatras examinavam Norman Bates.

Só dez dias mais tarde, no entanto, ele finalmente conseguiu uma avaliação final do doutor Nicholas Steiner, o encarregado oficial da junta médica.

Sam relatou a Lila o resultado dessa entrevista no hotel, quando ela veio de Fort Worth no fim de semana. Foi reticente no começo, mas ela exigiu todos os pormenores.

"Provavelmente nunca saberemos tudo o que aconteceu", disse Sam, "e quanto às razões, o doutor Steiner disse que, em sua maior parte, se tratavam de suposições. Eles mantiveram Bates sob fortes sedativos no início, e quando ele saiu do torpor ninguém conseguia que ele falasse muito. Steiner disse que ele se aproximou de Bates, mais do que qualquer outro, mas nos últimos dias ele parecia estar muito confuso. Muitas das coisas que ele disse, sobre fuga, fixação e trauma, estão acima da minha compreensão."

"Mas segundo o que ele pôde apurar, tudo começou na infância de Bates, muito antes da morte da sua mãe. Ele e a mãe eram muito próximos, é claro, e aparentemente ela era muito dominadora. Se havia algo mais na relação dos dois, o doutor Steiner não podia afirmar. Mas ele suspeita que Norman se travestia em segredo muito antes da senhora Bates morrer. Você sabe o que é um travesti, não sabe?"

Lila sacudiu a cabeça afirmativamente. "Uma pessoa que se veste com as roupas do sexo oposto, não é?"

"Bem, segundo a explicação do doutor Steiner, envolve mais do que isso. Os travestis não são necessariamente homossexuais, mas se identificam fortemente com as pessoas do outro sexo. De certo modo, Norman queria ser como a mãe, da mesma forma que desejava que a mãe se tornasse uma parte dele próprio."

Sam acendeu um cigarro. "Vou deixar de lado os dados sobre os seus anos de escola e sua rejeição pelo Exército. Mas foi depois disso, quando ele tinha quase dezenove anos, que a mãe deve ter decidido que Norman não iria mais enfrentar o mundo sozinho. Talvez ela deliberadamente impedisse que Norman se tornasse adulto. Nunca saberemos até que ponto ela foi responsável pelo que ele se tornou. Provavelmente, foi nessa época que ele começou a se interessar por ocultismo e coisas semelhantes. E foi então que Joe Considine entrou em cena."

"Steiner não conseguiu que Norman falasse muito sobre Joe Considine – até hoje, passados mais de vinte anos, seu ódio é tão grande que ele não pode falar do homem sem ter um acesso de raiva. Mas o doutor Steiner conversou com o xerife e desenterrou a história toda no noticiário dos jornais da época, de modo que conseguiu ter uma boa noção do que realmente aconteceu."

"Considine tinha pouco mais de quarenta anos; quando conheceu a senhora Bates, ela tinha trinta e nove. Creio que ela não fosse muito atraente – magricela e prematuramente envelhecida –, mas desde que o marido a abandonara, possuía várias propriedades rurais, que ele deixara em seu nome. Elas lhe garantiam uma boa renda, embora tivesse de pagar uma apreciável quantia ao casal que cuidava das terras. Mesmo assim estava bem de vida. Considine começou a cortejá-la. Não deve ter sido muito fácil se aproximar – parece que a senhora Bates odiava os homens desde que o marido a deixara com o bebê, e, segundo o doutor Steiner, essa era uma das razões por que ela tratava Norman daquela forma. Mas eu falava de Considine. Ele finalmente a dobrou e a convenceu a se casar com ele. A ideia de Considine era vender as terras e construir um motel – a velha rodovia passava pelo lugar na época e haveria muito movimento."

"Aparentemente Norman não se opôs à ideia do motel. O plano foi executado sem problemas, e nos primeiros três meses Norman e a mãe cuidaram juntos do motel. Foi então – e só então – que a mãe lhe contou que ela e Considine pretendiam se casar."

"E isso o deixou fora de si?", perguntou Lila.

Sam esmagou o cigarro no cinzeiro. Era uma boa desculpa para ele virar o rosto, enquanto respondia: "Não exatamente isso, segundo descobriu o doutor Steiner. Parece que a notícia foi dada numa situação bem embaraçosa, quando Norman flagrou a mãe e Considine no quarto do segundo andar. Se o efeito do choque foi imediato, ou se levou tempo para ter uma reação, não sabemos. Mas sabemos qual foi o resultado. Norman envenenou a mãe e Considine com estricnina. Usou algum tipo de veneno de rato misturado no café. Acho que ele esperou que tivessem alguma ocasião festiva, pois havia em cima da mesa um grande jantar, e o café estava temperado com conhaque. Deve ter ajudado a disfarçar o gosto."

"Horrível!", Lila estremeceu.

"Pelo que ouvi dizer, foi *mesmo* horrível. O envenenamento pela estricnina produz convulsões, mas não inconsciência. As vítimas geralmente morrem por asfixia, quando os músculos do tórax enrijecem. Norman deve ter assistido a tudo. E foi demais para ele."

"O doutor Steiner acredita que a coisa aconteceu quando Norman estava escrevendo o bilhete do suicídio. Ele tinha planejado o bilhete, é claro, e era capaz de imitar perfeitamente a letra da mãe. Até chegou a apresentar uma razão – uma gravidez da senhora Bates, e Considine não poderia se casar com ela, pois já tinha mulher e filhos na Costa Oeste, onde viveria com outro nome. Disse o doutor Steiner que a própria linguagem do bilhete seria suficiente para despertar suspeitas. Mas ninguém suspeitou de coisa alguma, da mesma forma que ninguém suspeitou daquilo que realmente aconteceu a Norman depois que ele escreveu o bilhete e telefonou para chamar o xerife."

"Eles sabiam, na época, que ele estava histérico de choque e excitação. O que eles não sabiam é que, ao escrever o bilhete, ele se transformara. Aparentemente, agora que tudo terminara, ele não podia suportar a perda da mãe. Ele a queria de volta. Ao escrever o bilhete com a letra dela, dirigido a ele próprio, ele literalmente *mudou* de ideia. E Norman, ou uma parte dele, *se tornou* a mãe."

"O doutor Steiner disse que casos do tipo são mais frequentes do que imaginamos, especialmente quando a personalidade já é instável, como era a de Norman. E o sofrimento desencadeou o fenômeno. Ele teve uma reação tão forte que ninguém pensou duvidar do pacto suicida. Ambos, Considine e a mãe de Bates, estavam em seus túmulos muito antes de Norman ter alta no hospital."

"E foi aí que ele a desenterrou?", disse Lila, franzindo a testa.

"Parece que sim, dentro de no máximo alguns meses. Ele era taxidermista amador e sabia o que fazer."

"Não entendo. Se Norman pensava que ele *era* a mãe, então..."

"Não é tão simples assim. Segundo o doutor Steiner, Bates tinha se tornado uma personalidade múltipla, com pelo menos três facetas. Havia *Norman,* o menino que precisava da mãe e odiava qualquer coisa ou qualquer pessoa que ficasse entre ele e ela. Depois *Norma,* a mãe, que ele não poderia deixar que morresse. O terceiro aspecto poderia se chamar *Normal* – o Norman Bates adulto, que tinha de viver a rotina cotidiana e ocultar do mundo a existência das outras personalidades. Claro, as três não eram entidades completamente distintas, e cada uma continha elementos da outra. O doutor Steiner chama isso de 'maldita trindade'."

"Mas o adulto Norman Bates mantinha o controle suficientemente para receber alta no hospital. Ele voltou a dirigir o motel, e foi aí que sentiu o peso. O que mais lhe pesava, como adulto, era o sentimento de culpa pela morte da mãe. Preservar o quarto dela não era o suficiente. Ele queria preservá-la, também – preservá-la fisicamente, para que a ilusão da sua presença apagasse o sentimento de culpa."

"Então ele a trouxe de volta, tirou-a da cova e lhe deu uma nova vida. Ele a colocava na cama à noite; durante o dia a vestia e a levava para baixo. Naturalmente, ocultava tudo dos estranhos, e muito bem. Arbogast deve ter avistado o vulto na janela do segundo andar, mas não há indício de que mais alguém a tenha visto em todos esses anos."

"Então o horror não estava na casa", murmurou Lila. "Estava na cabeça dele."

"Steiner diz que era uma relação semelhante à de um ventríloquo e seu boneco. A mãe e o *pequeno* Norman deviam manter longas conversas. E o Norman Bates adulto provavelmente racionalizava a situação. Era capaz de fingir ser uma pessoa sã, mas quem sabe o quê, na realidade, ele percebia? Tinha interesse por ocultismo e metafísica. Provavelmente acreditava em espiritualismo, assim como no poder de preservação da taxidermia. Além disso, ele não podia rejeitar os outros aspectos da própria personalidade, sem destruir a si mesmo. Vivia três vidas simultaneamente."

"E conseguiu levar a vida assim, até que..."

Sam hesitou, mas Lila terminou a frase por ele. "Até que Mary apareceu. E alguma coisa aconteceu, e ele a matou."

"Foi a mãe que a matou", retificou Sam. "*Norma* matou a sua irmã. Não há um jeito de apurar toda a verdade da situação, mas Steiner tem a certeza de que, ao surgir uma crise, *Norma* se tornava a personalidade dominante. Bates começava a beber e apagava enquanto *ela* se impunha. Durante esses apagões, ele vestia as roupas da mãe. Depois a escondia, pois em sua mente ela era a verdadeira assassina e tinha de ser protegida."

"Então o doutor Steiner tem certeza de que ele é louco?"

"Psicótico – foi a palavra que usou. Sim, acho que sim. Ele vai aconselhar que o mantenham no Hospital Estadual, provavelmente pelo resto da vida."

"Então não haverá julgamento?"

"Isso é o que vim contar a você. Não, não vai haver julgamento." Sam suspirou pesadamente. "Sinto muito. Imagino como se sente..."

"Eu acho bom", disse Lila, devagar. "É melhor assim. Estranho como as coisas funcionam na vida real. Nenhum de nós suspeitou da verdade, nós só cometemos um erro atrás do outro até fazer as coisas certas pelas razões erradas. E, nesse momento, eu nem consigo odiar Bates pelo que fez. Ele deve ter sofrido mais do que qualquer um de nós. De certa maneira, eu quase posso entender. Nós não somos tão lúcidos quanto fingimos ser."

Sam se levantou, e ela o acompanhou até a porta. "De qualquer maneira, acabou, e eu estou tentando esquecer. Simplesmente esquecer tudo o que aconteceu."

"Tudo?", murmurou Sam. Ele não olhou para ela.

"Bem, *quase* tudo." Ela não olhou para ele.

E esse foi o fim.

Ou *quase* o fim.

capítulo dezessete ⑰

O verdadeiro fim veio calmamente.

DEZESSETE

O verdadeiro fim veio calmamente.

Foi na pequena sala gradeada onde as vozes haviam resmungado e se misturado por tanto tempo – a voz do homem, a voz da mulher e a voz da criança.

As vozes que haviam explodido quando algo tinha provocado a sua fissão; mas agora, milagrosamente, haviam se fundido.

Então havia apenas uma voz. E isso era certo, pois havia apenas uma pessoa na sala. Sempre tinha *havido* uma só pessoa – e *apenas* uma.

Ela sabia agora.

Sabia, e estava satisfeita.

Muito melhor assim: estar plenamente consciente do próprio eu, como *realmente* era. Estar tranquilamente forte, tranquilamente confiante, tranquilamente segura.

Ela poderia pensar no passado como um pesadelo, e tinha sido isso mesmo: um pesadelo, povoado de alucinações.

Havia um menino mau no pesadelo, um menino que matara a amada e tentara envenená-la. Em alguma parte do sonho havia o estrangulamento e o chiado e as mãos arranhando a garganta e os rostos ficando azuis. Em alguma parte do sonho havia o cemitério à noite e o cavar e o ofegar e o rachar a tampa do caixão; depois, o momento da descoberta, a hora de contemplar o que havia dentro. Mas o que jazia no caixão não estava verdadeiramente morto. Não mais. O menino mau é que estava morto, e era assim que deveria ser.

Também havia um homem mau dentro do pesadelo, e ele também era um assassino. Ele tinha espiado pela fenda da parede e bebia e lia livros obscenos e acreditava em todo tipo de absurdo. Mas o pior de tudo, ele era responsável pela morte de duas pessoas inocentes – uma jovem de belos seios e um homem que usava um chapéu Stetson cinzento. Ela sabia tudo sobre isso, é claro, e por isso podia se lembrar de todos os detalhes. Porque ela estivera lá, olhando. Mas só tinha olhado.

O homem mau era o verdadeiro autor dos assassinatos e tentara colocar a culpa nela.

A Mãe os matou. Foi o que ele disse, mas era mentira.

Como ela poderia matá-los, quando apenas observava, quando nem podia se mexer, tinha de fingir que era uma figura empalhada, uma inofensiva figura empalhada, incapaz de ferir ou ser ferida, cuja única função era existir para sempre?

Ela sabia que ninguém acreditava no homem mau, e ele agora também estava morto. O homem mau e o menino mau estavam mortos, ou então tinham sido apenas parte do sonho. E o sonho agora se dissipara para sempre.

Só ela ficara, e ela era real.

Ser a única, saber que se é real – isso é sanidade, não é?

Mas, por via das dúvidas, talvez fosse melhor continuar a fingir que era uma figura empalhada. Não se mover. Nunca se mover. Apenas ficar sentada ali, para sempre.

Se ela se sentasse ali sem se mover, não seria castigada.

Se ficasse ali sem se mover, todos saberiam que ela era normal, normal, normal.

E ficou ali por um longo tempo, até que uma mosca entrou zumbindo através das grades.

Ela pousou na sua mão.

Se quisesse, poderia esmagar a mosca.

Mas não a matou.

Ela não matou, e tinha a esperança de que a estivessem observando, pois isso *provava* a espécie de pessoa que era.

Incapaz de fazer mal até mesmo a uma mosca...

FIM

Alfred Hitchcock

PSICOSE

"Meu filme *Psicose* veio todo do livro de Robert Bloch."
ALFRED HITCHCOCK

DARKSIDEBOOKS.COM

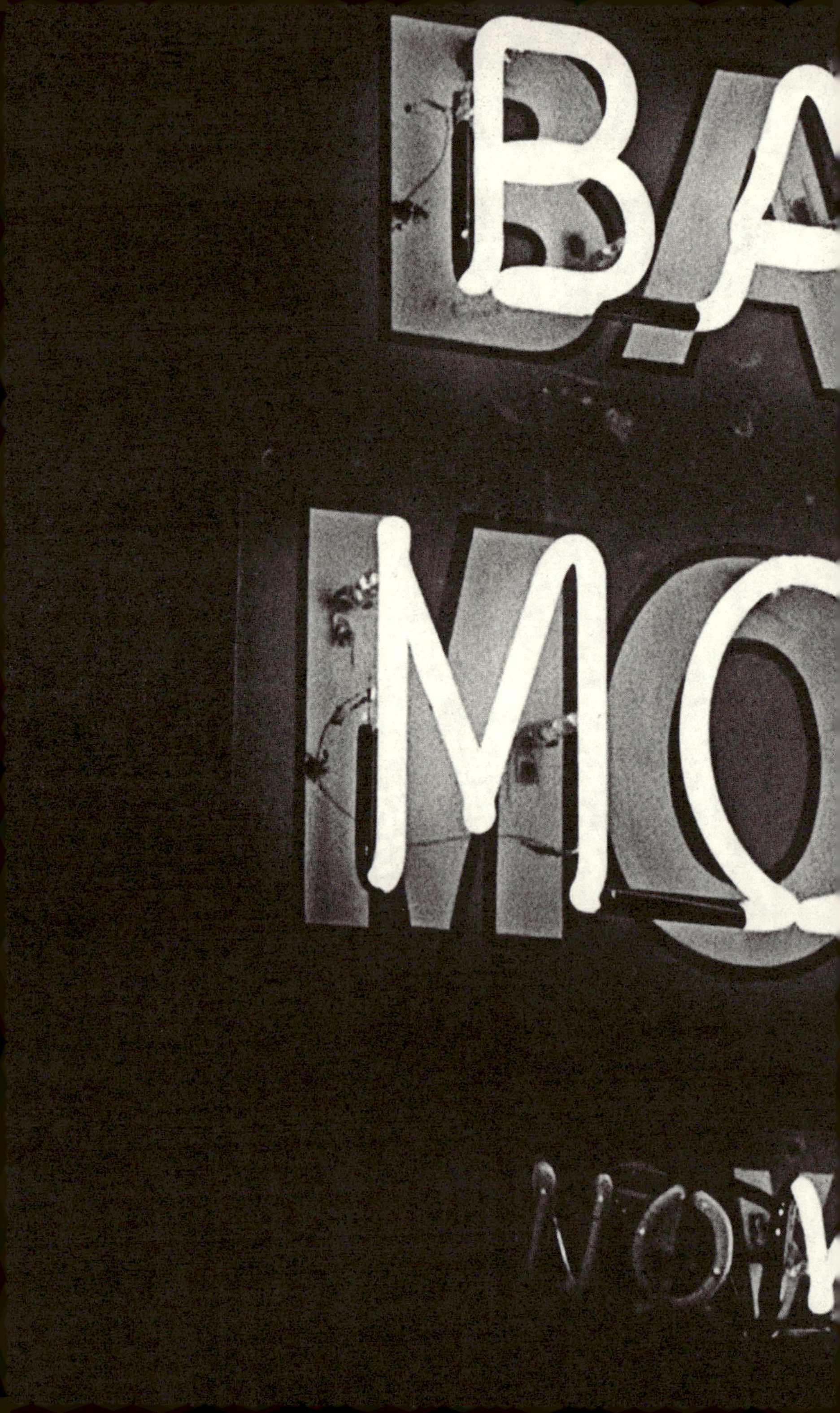
BA
MO
NO

TES
TEL
CANCY

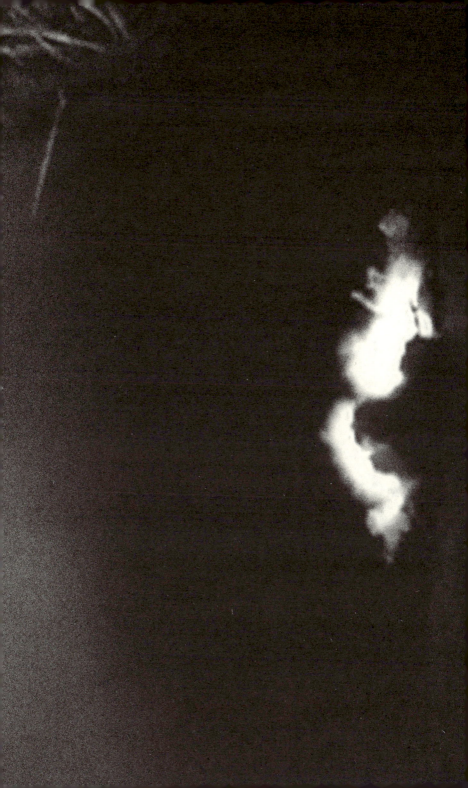

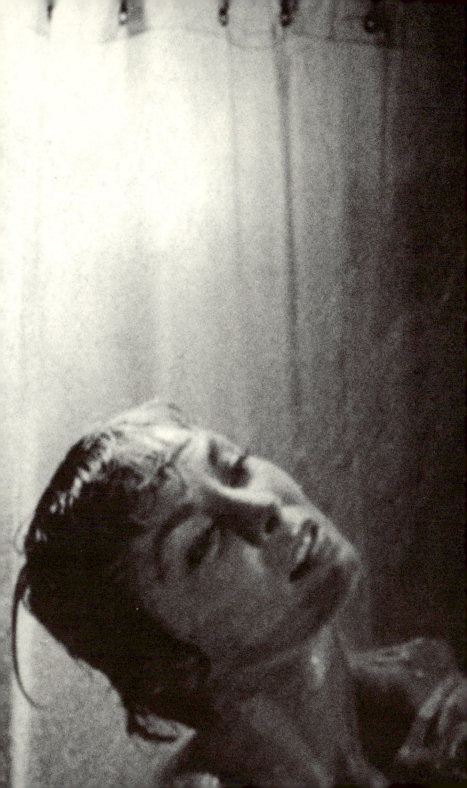

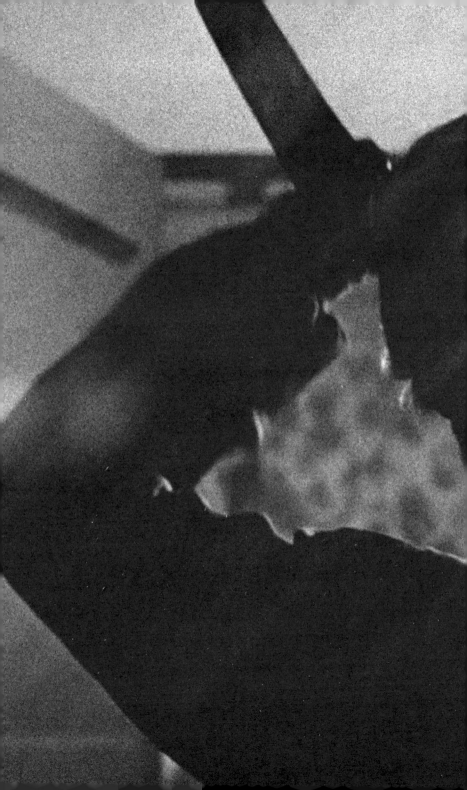

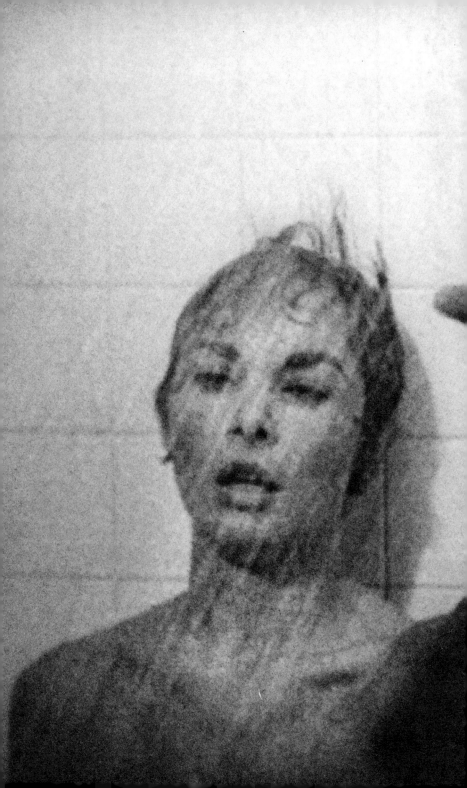

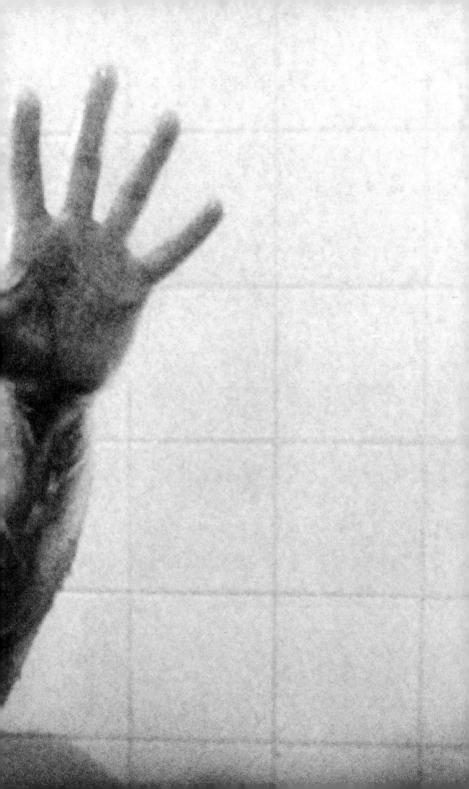

Alfred Hitchcock

PSYCHO
FROM THE VERY BEGINNING —

Surely you do not have your meat course after your dessert at dinner. You will therefore understand why we are so insistent that you enjoy PSYCHO from start to finish, exactly as we intended that it be served.

We won't allow you to cheat yourself. Every theatre manager, everywhere, has been instructed to admit no one after the start of each performance of PSYCHO. We said no one — not even the manager's brother, the President of the United States or the Queen of England (God bless her).

To help you cooperate with this extraordinary policy, we are listing the starting times below. Treasure them with your life — or better yet, read them and act accordingly.

Alfred Hitchcock

Lincoln at 7:00 and 9:19 (adult)

PSYCHO
ALFRED HITCHCOCK